宇宙英雄ローダン・シリーズ〈712〉

惑星フェニックスの反乱

K・H・シェール&クルト・マール

若松宣子訳

早川書房

9055

PERRY RHODAN
WER IST ADVOK?
REVOLTE AUF PHÖNIX
by
K. H. Scheer
Kurt Mahr

Translated by
Noriko Wakamatsu
First published 2024 in Japan by
HAYAKAWA PUBLISHING, INC.
This book is published in Japan by
arrangement with
HEINRICH BAUER VERLAG KG, HAMBURG, GERMANY
through JAPAN UNI AGENCY, INC., TOKYO.

目次

惑星フェニックスの反乱

アドヴォクという男

K・H・シェール

登場人物

アトラン……………………………銀河系船団指揮官代行。アルコン人
ラコ・レジャーノ…………………《カルミナ》首席操縦士
ハーム・フォールバック…………同副操縦士
メインティ・ハークロル…………同乗員。超空間記号論理学者
アリ・ベン・マフル
アアロン・シルヴァーマン
　　……同乗員。技術科学者。テラナー
イリアム・タムスン………………《リブラ》船長
カヌート・ヴィルブラス…………同副長。プロフォス人
ガン・ケル・ポクレド……………同首席エンジニア。アコン人
フェレン・ア・ピット……………同乗員。火星人
アドヴォク…………………………謎の異人

1

カヌート・ヴィルブラスは自身のとった行動にみずから驚いた。日常的な行為に対して警報システムの赤いボタンを押すようにと、だれからも指示されたことはない。

しかし、グリゴロフ層の消滅とともに通常空間にもどるというのは、そうした日常的な行為のひとつだ。

甲高《かんだか》く鳴りひびく音はヴィルブラスの聴覚器官には、ほかの乗員よりもさらに苦痛に感じられた。なにしろ騒音の発生源の真下にすわっているのだから。

非番の男女が多少の差はあったが鉛のような眠りからはね起きた。

二百メートル級球型船《リブラ》の副操縦士であり副長であるカヌート・ヴィルブラスは自身の軽率さを呪い、あわてて浮遊マイクロフォンを薄い唇にあてた。

「誤報だ、おちついてください」エネルギーらせんに向かって呼びかける。「すまない。

いつもの通常空間への復帰にすぎない……えー、こちら、ヴィルブラス」

「平和をかき乱すやつが、せめて名乗ってくれたのはありがたいね、くそっ！　ラジュドネ・アアト・テルセス・チョゥム・ブラステ！　ちょうど寝たばかりだったんだぞ、ウェドシェジュ」

だれかが姿は見せないまま、おどすような声で不機嫌に文句をいいつづける。アコン語で発せられる悪態は一貫してひどい代物だったが、ほとんどだれにも理解できなかった。トランスレーターでガン・ケル・ポクレドの言葉についていこうとするのは、すでにみな、やめてしまっている。

「あやまっただろう！」カヌート・ヴィルブラスが高い声で、このやまない雑言《ぞうごん》を打ち切った。「だいたい、あんたの文句を今回だけは訳してみたかったよ、このちび助め！　われわれはまたアインシュタイン空間にもどった、それだけだ。われわれの高級ホテルは、いまも直径二百メートルある。それで充分だろう？　そもそも……いつから退屈反応に負けてはいけなくなったんだ？」

意地の悪い笑い声がまたヴィルブラスの耳を苦しめた。同時にポクレドの黒檀のような色の顔がモニターにうつしだされる。荒々しく燃えるような赤毛の房は毒々しいグリーンの瞳と競っているようだ。

このアコン人は《リブラ》の第三操縦士と首席エンジニアをつとめる、かんしゃく持ちとして知られる男だ。

「ほんものの男たちのいる現在、ちびなどと大胆に語っても、猫背と腰抜けとやつれた者は許されてもいいだろう。どうしてあんたは、わたしにびくつくことがあるのだ、チャクネドゥススめ」

カヌート・ヴィルブラス、胸幅がせまく、見栄えのしないプロフォス生まれの男は、インターカムのスイッチを切り、それ以上の罵倒を耳にしないようにした。

第二当直士官をつとめるのはフェレン・ア・ピットだ。ヴィルブラスのとなりにすわり、この応酬を耳にしなかったことにしている。

カヌートはひょうきん者として知られるこの火星人に疑い深い目を向けたが、フェレンは今回だけは高い声をさらに荒らげることもなく、いつものジョークも口にしなかった。かわりにかれは、ヴィルブラスが興奮のあまり見逃したいくつかのことに気づいた。

音量を〝船内静粛〟に切り替えたシントロニクスからの通知はほとんど聞こえない。

一方、全周スクリーンの大型画面にうつる炎のように赤いシンボルは見逃せなかった。

フェレン・ア・ピットがてのひらで警報ボタンをたたいたとき、ヴィルブラスはぎょっとして声をあげた。

「またか！　私刑《リンチ》を受けることになるぞ。わたしは……」

《リブラ》船内にふたたびけたたましい音が、嵐のように鳴りひびいた。シントロニクス結合体が自動的にヴォリュームがあがった音声で、あらゆる経験値からありえないようなことを告げた。

「レッド＝八で未知の物体のハイパー探知。超高位ポジション。高エネルギー放射入射、距離三光秒、四光秒、三光秒、五光秒。エコー画像生成。ホログラム作成中。指示は？」

ヴィルブラスは突然、怒りを忘れた。フェレン・ア・ピットとともに上位制御で防衛システムを起動させる。

警報機器がふたたび音をたてはじめたが、今回はさらにはげしい音をたてている。

「密閉状態の準備完了、防御バリア、展開開始。警報計画にしたがって航行態勢にはいります」シントロニクス結合体ははっきりと告げた。

《リブラ》はすぐに内部で無数の生物が混沌と動きまわる蟻塚のような状態になった。ガン・ケル・ポクレドは弾丸のようにパイプ結合からすべり出た。運動能力の高い肉体が、生成された反撥フィールドに受けとめられ、やさしくおろされる。

「こんどはほんものか？」当直の者に呼びかけ、大股で司令スタンドに向かって急ぐ。

「筋肉男か、むかつくな！」ヴィルブラスは羨望と怒りのこもったような声をもらすと、声をはりあげていった。

「もちろん、完全な偽物だ。それはわかるだろう！　ハイパー探知はあんたの夢を見ている。あんたに会いたがっているのだ。だから警報が鳴る」

船長のイリアム・タムスンは中央の外殻にある人員用エアロックに、それほど劇的ではないようすで姿をあらわした。

女指揮官は立ちどまり、表示器に目をやると、ブリッジの壇のほうへ歩いていった。真っ白な髪に管制装置の多彩な色がうつっている。うろたえるような気配はまったくない。司令室の最後の乗員が姿をあらわすと、数秒後にハッチがしっかり閉まった。

銀河系船団に所属するテラ船の船体の奥深くで、機械が低く音をたてはじめた。高エネルギー転換機の轟音《ごうおん》とともに、HÜバリアとパラトロン・バリアが生じた。

「念のため戦闘準備をたのむわ、カヌート」女指揮官は冷静に命じた。「とにかく冷静に！　恒星間宙域で未知の宇宙船に遭遇することは不思議なことでもない。ただ、われわれがはじめて体験しているというだけ。銀河系船団のほかの船はすでに複数の飛翔体と遭遇している」

「しかし、球状星団M‐30の外側のこの暗黒の宙域ではありませんでした！」ケル・ポクレドがいきどおる。「われわれはおよそ七百年遅れて到着し、不思議なことを体験しましたが、わからないことばかりです。ローダンは別行動中で、ラトバー・トスタンは《ツナミ＝コルドバ》で存在しない空へと飛び立ち、アトランはなすすべもないようで、クロノパルス壁は依然として不可侵。それでも、未知の船の探知は通常のこととも？」

「状況はいずれ正常になるにちがいないわ」イリアム・タムスンは意見を変えなかった。

「異人との遭遇は、われわれにとってちょうどいいことのはず。ホログラムはどこ？　飛翔体のかたちは？　シントロン、それは既知の亡霊船のひとつなの？」

シントロニクス結合体の応答はなく、かわりにカタストロフィ警報が発せられた。弧を描く全周スクリーンの大型モニターにひと筋のまばゆい閃光がはしり、つづいてまたきらめく光がはしった。

ハイパー高速探知は、未知の物体が放射したものが到達する前に、それをとらえて分析していた。

「異人船が砲撃を開始しました」シントロンが告げた。

この報告の背景を考える猶予はなかった。未知の物体の発したビームは光速にすぎなかったが、その作用は劇的だった。

全周スクリーンを燃えあがらせたビームは、外側観測モニターをはげしく光らせ、一瞬ですさまじい炎の渦となった。火は防御バリアの表面でひろがり、大部分は超空間にそらされたが、衝突エネルギーの一部は貫通した。

ふたつのバリアは内部に向かって変形し、《リブラ》の球形の外殻で機械的な影響をおよぼし、そのエネルギーで船体は針路から押し出された。

その直後、二本目の高エネルギー・ビームがパラトロン・バリアではじけた。イリアム・タムスンは最初の攻撃の轟音の苦しみからまだ回復できていなかった。成型シートの自動装置が聴覚保護を作動させるのが一瞬遅かったのだ。

二度めの命中で、最後にのこっていた疑念は吹きはらわれた。異人は本気だ！

奇妙にもイリアムは、船が破壊されたり深刻な損傷を受けたりすることは考えなかった。命中した高エネルギーの衝突作用は通常のもので、本来の針路にかんたんに修正できる。思考は〝なぜだ〟という疑問を中心に堂々めぐりをしていた。なぜ異人の船の乗員は、《リブラ》とコンタクトをとることもせずに攻撃してきたのだろうか？

しかし、異人の行動についてさらに考える余地をシントロニクス結合体はあたえてくれなかった。

〈サーモ照射、高エネルギー〉シントロニクスが文字で告げた。二発のビームが命中して生じた騒ぎのため、音声でのアナウンスを避けたのだ。

この情報は、突然あらわれたコンピュータ画像によって裏づけられた。

全周スクリーンの大型モニターにあらわれた宇宙船の輪郭はイリアム・タムスンにとって、きわめてなじみ深いものに思われた。しかもそれは彼女にとってだけではなかった！

「球型船だ！」ガン・ケル・ポクレドの大声が聞こえた。その声は、轟音がやんでしずまっていく司令室内に響いた。「いったいどういうことだ？　われわれ以外のだれが、こんなかたちの船をつくるのだ？　見てくれ、詳細が見えてきた。ほう、この船は、赤道環の高さのユニットの一部が欠けているぞ……環状壁から一部が切りとられたかのようだ」

ブリッジの壇の前にホログラムが生じて、くわしい情報が得られた。三次元画像でその欠けた部分がはっきり見える。

「通信による呼びかけにはあいかわらず応答がありません」シントロンが伝える。「船長へ質問です。《リブラ》は異人にこちらが何者であるか伝えたほうがいいでしょうか？」

イリアム・タムスンは武力行使にはつねに反対してきた。船が警告されることもなく砲撃されたという事実があっても、彼女の良心の前では同じ方法で応戦するという結論には達しない。

「完全認証、真実のままで」彼女はシントロニクス結合体に命じた。「体験プログラムを放射、散乱周波を使用。そのうちのどれかひとつはとどくだろう」

カヌート・ヴィルブラスはシントロニクスによって強調されたシンボル・グループをチェックした。いわゆる体験プログラムには、素性をあらわすデータにくわえてタルカン宇宙での遠征の概要と六九五年の時間転移についての詳細もふくまれている。

通信言語にはインターコスモを選択し、かつて知られていた宇宙ハンザとギャラクティカムのコードもくわえられた。

異人の回答は武器ビームの発射だったが、これはシントロニクスによって分子破壊砲だと分析された。

「あとたりないのはトランスフォーム爆弾だけだ！」アコン人は予言するようにいった。

「すべて、きわめてテラらしく感じる」

黒檀色の顔がインターカム接続のモニターにあらわれた。赤銅色の髪が画像に伸びて、最後にエメラルド色の目と額の一部が見えた。かれは大きく前のめりになっているのだ。

「いつまでじっと耐えているつもりですか」ガン・ケル・ポクレドがたずねる。かっとしやすい気質で自制心を失っている。「これ以上のリスクを冒すべきではない！」

イリアム・タムスンは驚いて〝トランスフォーム爆弾〟について考えこんだ。独特な球型船の乗員がそれを使っているかどうかは重視しないが……たしかにリスクが大きすぎる。

女指揮官は主制御コンソールで退避データを呼び出した。フル加速しても、トランスフォーム砲で狙われたら《リブラ》は逃れられないだろう。

これを確認してはじめて、彼女は砲撃の開始を許可した。

シントロニクスの目標捕捉システムは、人間の思考が追いつけないほどすばやく反応した。異人の宇宙船をすでにとらえていて、低速航行を確認し、必要な調整データを計算していた。

《リブラ》の三基のサーモ砲が一斉放射した。まばゆい光がゆらぎ、乗員の目をくらませる。

約三秒後、砲撃の低い轟音はすぐにやんだ。

ビームの軌道が向こうに到達した。新しいシントロニクスの目標捕捉システムに特徴的な正確さで命中する。

カヌート・ヴィルブラスは息をのんだ。かれはグレイの知的な目を細めると、とうとうゆっくりした口調でいった。

「あれは幻影だ！　あそこに船はいない。ほんものの船体はハイパー空間にちょうどはいったところだ」

ハイパー高速探知のモニターを見ると、この発言が大げさでないことがわかった。印象的な光景にさらにちいさな構造震動がくわわり、奇妙な球型船は姿を消していた。

大型モニターには、ちいさな淡黄色の恒星が、人類の需要には適さないと判明したふたつの惑星とともに輝いているだけになった。

女指揮官は戦闘と防衛の態勢を解除した。ベルトをはずして立ちあがり、あらためて探知スクリーンに目を向けた。

「ひどく奇妙だわ！」白髪の女はひとりごちた。時間転移のショックで、まだ五十七歳の彼女の頭髪は、ひと晩で髪のかがやくような色を失ってしまったのだ。

シートのひじかけに手をついて、自身では決められないとわかっているなにかを待っていた。

船の首席エンジニア、ガン・ケル・ポクレドは説明を試みた。

「わたしの分析を信じられるとするなら、シントロニクスは幻覚にひっかかったということになります。異人はわれわれのヴァーチャル・ビルダーの原理で動いていましたが、《シマロン》の試作機よりもはるかに完璧でした」

イリアムは問いかけるようにアコン人を見やった。ケル・ポクレドはその視線に気づいた。

「エネルギーの特殊フィールドが船からの固有放射を集めて、はなれた位置に偽物の船影を投影するのです」と、説明する。「ヴァーチャル映像はハイパー探知機さえあざむきます。それはわれわれの試作品でもすでに、ほんものの固有放射より偽物のほうを十倍増幅できました。ただし、われわれは船から出る多様な周波域のエネルギー・インパルスをすべて集めることはまだできません。未知の者がこの点ではるかにすぐれていたのです。そうでなかったら、シントロニクスは、存在はしていても、放射のずっと弱い第二の物体を見逃さなかったでしょう」

「ひょっとすると存在するかもしれない、だな！」フェレン・ア・ピットは修正した。

アコン人は火星生まれの男に挑むような視線を送った。

「黙っていろ、でぶっ腹。まさに、このとおりで、ほかはちがいます！　次にことが起きたら、われわれ、最小のリフレックスに狙いをさだめましょう」

女指揮官はこの言葉のやりとりを無視した。深いもの思いに沈んでいたのだ。

任務は、球状星団M－30の星の渦のなかの指示された宙域で、銀河系船団の部隊にふさわしい基地世界を探すこと。

アトランは使える船のすべてを送り出した。全船が同じ目的に向かっている。

そのため、イリアム・タムスンはいかなる未知の存在とも戦闘にはいることに関心はない。

背の低い火星生まれの男とケル・ポクレドのあいだに生じた諍《いさか》いに彼女は割りこんだ。

「おちつきましょう、友よ。いわゆるヴァーチャル・ビルダーについて考えるよりも、すべきことがあるわ。カヌート、次の目的地の座標を入力して。ここにもう用はないわ」

プロフォス人のカヌート・ヴィルブラスは、異人が披露したのは自身の威力のほんの一部にすぎなかったのではないかという漠然とした感覚をおぼえていた。さらに収集中のシントロニクスの分析データで、この考えは裏づけられると思っていた。

ガン・ケル・ポクレドも同じような結論に達したようだった。もちろん、かれはすぐに聞き逃しようもないほど声を荒らげた。

「ちょっと待った、船の母よ……われわれ、事態を徹底的に究明するべきです。未知の者のほうがわれわれよりはるかに優っているのは確実。だから、実際のところ、われわれがすべきことは……」

「手を引く、ということね？」イリアムが皮肉な笑みを浮かべて口をはさむ。「わたしに事実がわかっていないとでも？　まあ、そういうことでもいいわ……さあ、スタートよ。わたしはキャビンにいるから」

ケル・ポクレドはがっかりしたように両腕をひろげ、だれか助けてくれないかと頭をめぐらした。しかし、だれも注意を向けない。

「なら、いい！」アコン人はつぶやいた。「われわれ、友好的な少年団を演じていこう」

イリアム・タムスンが人員用エアロックの装甲ハッチを開けたとき、彼女はまだ微笑していた。鏡のようになめらかな金属に全身がうつる。堂々とした姿で肌の色は明るい褐色だ。

ガン・ケル・ポクレドが興奮しているのは理解できるが、かれの動機は受け入れられない。なにかもとめる者は、しかるべき形式で意志表示をするべきだ。しかし数秒後、自身の考えに疑いをいだきはじめた。《リブラ》が突然、異常に強力な衝撃波に襲われたからだ。

＊

シントロニクスは光速の何十億倍もの速さで反応していた。その状況把握と分析のあまりの速さに、異人がハイパー空間から離脱してその針路をテラ船にあわせるのは不可能だった。

衝撃吸収装置だけはシントロニクスの指示のスピードに追いつけない……指示に近い動きさえできなかった！　始動がにぶかったため、光速をはるかに超えたインパルスの指示を追えなかったのだ。

偶然耐圧シートに腰かけていなかった者は床に放り出され、慣性質量の現実を多かれすくなかれ苦痛とともに思い知ることになった。

《リブラ》はハイパーエネルギー・ショック前線を無傷で乗りきった。針路から著しくはずれてもいなかった。しかし、船内はカオスと化していた。

何千年も前から、宇宙を旅する者たちのあいだには不文律があった。天体や宇宙船に近接した位置では、けっして超光速航行を終了してアインシュタイン空間に進入してはいけないということ。

未知の宇宙船の司令官は、この習慣を知らないか、あなどっているようだ。

船は惑星の周回軌道を飛ぶテラ船からわずか十キロメートルしかはなれていないところに出現した。必然的に生じる衝撃波で災《わざわ》いが起きることはわかっているはずだ。

ともかく未知の宇宙船の司令官はしばらく待ってから、《リブラ》に連絡してきた。

まずは衝撃波の混乱から回復する時間が必要だろうと計算したのだろう。

イリアム・タムスンは幸運だった。エアロックの位置にある、やわらかいクッションのついた成型シートにまっすぐ投げ出されていたからだ。スクリーンが輝き、ぼんやりと光がちらついたときには、彼女はすでにブリッジに駆けあがっていた。

息を切らしながら主制御コンソールの奥にすわり、安全カバーをはずす。

彼女がとった最初の行動は、シントロニクスによって指示された戦闘態勢の解除だった。起動したばかりの防御バリアもふたたび消えた。イリアムは、こうした防御や抵抗さえもすべて無意味だったと悟っていた。わずか十キロメートルの位置からではトランスフォーム砲はけっして作動させられない。最近の経験から、このエネルギー砲をあまり信頼できなくなっている。

そこで完全に受け身の態勢をとろうと決意して、最初に異人に対していだいたイメージを、異人が実際に本気で行動にうつさないことを願った。

ヴィルブラス、ケル・ポクレド、ア・ピットは衝撃波を無傷で乗りこえたが、まだ成型シートにすわったままだった。

アコン人がブリッジに向かって大声で思いをぶつけた。イリアムはその言葉を無視した。アコン人も距離が近すぎることはわかっている。しかし、それでもかれは対抗措置をもとめたのだった。

このとき、負傷者たちの悲鳴を気づかっていたのは、急行してきた医療ロボットたちだけだった。応急処置を施し、重傷を負った乗員を船内のクリニックへ運んでいく。イリアムにはかれらの面倒をみているひまはなかった。

幻影がよりはっきりとかたちをとってきた。

当初は微光にすぎなかったものが黄金色に輝く光に変わった。イリアム・タムスンは、これは有機的な存在で、本当の姿はエネルギー暈《かさ》につつまれているのだろうと考えた。光は人類の背丈よりも高く、幅もひろく張り出していて、頭がありそうなところは半球形になっていた。

この未知の者は、司令室で起きている混乱に気づいたにちがいない。イリアムは本能的に記録装置を広角受信に切り替えていた。呼びかけは通常の光速周波数で進んだ。めずらしいことだ！　と、女指揮官は思った。自身でもこの到来者にこのように平然と向かい合っていることに驚く。

幻影が話しはじめると、ようやくケル・ポクレドは口をとざした。この場にいる者の全員がひとことも理解できない。

「シントロン、トランスレーター作動」イリアムに、副操縦士の指示が聞こえた。

シントロニクス結合体はすでに反応していて、この指示はもはや無用のものだった。

「七強者の言語です。特殊データが必要です！　特殊言語は保存されています。翻訳開始します」

スピーカーの音が変わった。音声が同時にインターコスモで響く。さらにその背後には未知の音も聞こえている。

「聞く耳があるなら、返答せよ、アドヴォクがくる！」

警告は何度もくり返され、とまったときには、未知の者が自身の言葉が通じたと確信したようだった。

女指揮官がこの呼びかけを確認し、七強者の言語に翻訳された返答が未知の船で受信されたとき、光の現象は突然消えた。

《リブラ》の船内はしずまりかえった。ガン・ケル・ポクレドでさえ、パノラマ壁を注意深く見つめている。ただ、グリーンの目は疑い深く細められていた。

あらためて光の現象があらわれた。今回は先ほど呼びかけてきた者よりもさらに長身で幅もひろく強烈だった。エネルギー量は極彩色に輝いている。

イリアムは目がくらんでまぶたを閉じた。アドヴォクとは何者、あるいは何物なのか？

声が聞こえてきた。よく通る豊かな声色で、やはり七強者の言語を使っている。

「慎重に学び、先見の明をもって注意を向けることは、あなたがたの強みではないようだな。わたしがあなたがたの立場だったら、あのような出来ごとがあったあとで、防御バリアのスイッチを切ったりしないだろう。あなたがたは……すなわち自分たちはそうではないと偽る者、つまりおろか者なのか？」

「違う！　そこに関してはテラナーや友好的なギャラクティカーの宇宙教育は成熟の域に達している。まともな知的生命体であれば、あなたがしたような方法でほかの船に危害をおよぼしたりはしない」女指揮官は淡々とした調子で説明した。

「だが、最低なウェドシェジュはそれをする！」ガン・ケル・ポクレドが幻影に向かって叫んだ。「こっちにきて、抱きしめさせてくれ」

跳びあがって筋骨たくましいからだを伸ばす。

「あなたの指揮官の発言のほうが印象深かった、アコン人！」アドヴォクはとがめるようにいった。「わたしのメッセージは彼女の耳に向けられている。だから聞きなさい」

アドヴォクと名乗る者は意図的に間をいれた。

「銀髪の年よりに伝えてほしい。このわたし、アドヴォクには、ルイペッチの世界で会うように、と」

イリアムは直感的に手などの身ぶりで別れを告げられるのを待った。しかし、かわりに暈の光が強まり、光が消えるとともに謎の男も姿を消した。

異人の船は突然、加速し、息をのむようなスピードで去っていき、すこししてハイパー空間にはいった。

「ひどく風変わりだった！」カヌート・ヴィルブラスはいった。「今回、すばらしかったのは、ハイパー衝撃波をあたえられなかったことですね」

イリアムは否定するように手を横に振った。ヴィルブラスの皮肉はひどく不快に感じることもある。

「年よりというのは、だれのことだったのだろう？」彼女は周囲を見まわしながら、たずねた。「アトラン？それなら、どうしてかれはアトランと知りあいなのかしら？」

「どうしてわたしがアコン人だとわかったのだろう？」ケル・ポクレドは驚くほど慎重にいい、哄笑《こうしょう》した。「わたしのふるまいを許してほしい、悪気《わるぎ》はなかった。ただ、あの小僧に本音を吐かせたかったんだ」

「だけど、吐かなかったな」フェレン・ア・ピットがうれしそうにいう。「アコン人の釣り師のジョークを知っているかな。エルトルス人のカエルロを釣り針で釣って……」

「やめて！」イリアムがいらだったように声をあげる。「その話は、いましないとだめなの？　カヌート、シントロンの分析は？」

「ここに用意してあります」プロフォス生まれの者はなだめるようにいった。「アドヴォクという言葉は未知のものです。かれの衣服かなにか、あの光のようなものについても突きとめられません。そもそもの疑問は、なぜかれが銀髪の年よりに、ルイペッチの世界で会おうともとめているのかということ。ところで、この名前はグラド語でした。

アトランはこの天体を知っているのでしょうか？　もし、アトランのことを指している場合は、ですが」

イリアム・タムスンは大量の論理分析にじっくり目を通していったが、とうとう断念した。

ふたたび立ちあがり、探知モニターの表示を確認して人員用ハッチに向かう。そこでまた立ちどまったが、今回は微笑は浮かべていなかった。

「即刻、集合地点フェニックス＝１にもどる」彼女は指示した。「遠征は中止。このアドヴォクのほうが、適切な基地世界を探すという不確かな任務よりも重要なはず」

半時間後には《リブラ》はスタートしていた。フェニックス＝１は、銀河系のハロー部にあるちいさな銀河系船団の集合地点のコードネームで、球状星団Ｍ‐３０から百十光年の距離に位置している。

テラナーの調査船は星団の銀河系に向いた側に到達していたため、集合地点まではさらに遠く、百二十光年の距離がある。

銀河系に面した球状星団の宙域に人類に適した基地世界を見つけろとアトランが指示したのは、まったく当然だ。

集合のたびに困難な航路を飛ぶ必要に迫られるのは、人にとっても機械にとっても不合理だったから。

2

その出来ごとの調査が開始されるまで、アトランには同僚たちから《リブラ》の到着を知らされていなかった。

船が到着してからようやく、メインティ・ハークロルはアルコン人を起こすことにした。

しかし、予想に反して、アトランがすぐに司令室にくることはなく、かわりに《カルミナ》のシントロニクス結合体が作動しはじめた。

起床時間だとメインティが連絡してから一時間たったとき、銀河系船団の指揮官を代行するアトランは、ようやく通常にはない報告に対応することを決めたようだった。

船内時間でNGZ一一四三年七月二十九日十四時十分のことだった。

ペリー・ローダンが不在のあいだ、《カルミナ》は銀河系船団の旗艦としてだけではなく中央データ保存施設のはたらきもになっていて、帰還した銀河系船団のすべての報告を保存し、分析していた。

《リブラ》の乗員の奇妙な体験をすこしでも解明できるとしたら、《カルミナ》のシントロニクスの助けが必要だった。

アトランは休養して気分も爽快なようだった。目の赤い輝きもいつもどおりにもどっている。

司令室の大型モニターに突然、その姿がうつしだされた。だれかが驚いて声をあげ、つづいて悪態をつぶやいた。

「いつからわたしのことが、ポルターガイストに見えるようになったんだ？」アルコン人の声が響く。「おい、きみにいっているんだぞ、海賊づらした若者」

アリ・ベン・マフルは不安そうに顔をあげた。同時に《ツナミ＝コルドバ》のかつての技術科学者は、船内コンビネーションの脚部のポケットにびっしり書かれたメモをかくそうとした。

「海賊づらした若者！」あきらめたようにアルコン人はくり返した。「ここでまたはじめるのか？」

アリはこれ以上、失言しないように気をつけていた。《カルミナ》にかれが滞在することは、物議を醸《かも》していたので、気安い口調で話したり、規律をゆるく解釈したりするようなことはひかえている。

アルコン人はアリ・ベン・マフルが懸念をいだいているのを知っていた。《ツナミ＝

コルドバ》の爆発によって、かれとアアロン・シルヴァーマンは居場所をなくした……ただし、それはかれらだけではない！

もと特殊宇宙艦の搭載艇の乗員は、自分たちの搭載艇で直接、任務につくことができたが、かつての《ツナミ＝コルドバ》のツナミ・スペシャリストたちはそうではなかった。かれらは銀河系船団のほかの宇宙船に移乗しなくてはならなかったのだ。

アリ・ベン・マフルとアアロン・シルヴァーマンは、自分たちが《カルミナ》にのこれるかどうかはまだかなり疑わしいと思っていた。アトランからは事故のあと、メタグラヴ・エンジンのチェックを指示されていたが、それはまずは新しい任務の感覚を得るようにという配慮からだった。

アトランは若い高エネルギー技師にポジティヴな助言をあたえることにした。

「《カルミナ》で長い旅に出ることになるかもしれない。グラヴィトラフ貯蔵庫の状況と、ほかの装置との高エネルギー接続を確認してほしい。わたしの計画が、きみのメモの内容となにか関係している可能性はあるだろうか？」

アリは気づかれたかと思った。

「わたしは、ええと、わたしは、この誇り高い船の非のうちどころのないテクノ・エンジンにとって、アアロンとわたしがいかに重要であるかをはっきり証明するための論拠を書いておこうと思ったんです」アリは雄弁に説明した。「ともかくわれわれは不安定な要素を発見して除去しました。それがなければ、重大な故障につながりかねず……」

「そうだろうとも」アトランは話をさえぎった。「きみたちがいなかったら、故郷銀河でさえ爆発したかもしれんな。アアロンを起こして、仕事にとりかかってくれ。ところで、どうしてだれも〝ルイペッチ〟という言葉に注意を向けなかったのか、わたしには不思議でならないのだ。データ貯蔵庫にはちゃんとあるのに」

アリは自身のやっかいな状況を忘れ、いらだったように、当直の女性操縦士に目をやった。

メインティ・ハークロルは小柄なブロンドの女で、超空間記号論理学と宇宙航行学を専門としている。その卓越した能力に疑念をいだこうとする者は、だれもが自分の勘ちがいを思い知ることになった。

短い髪をかきあげ、算出したデータをたしかめるように見やると、彼女は力強く親しげに説明した。

「その言葉はどこにもはいっていません。でなければ、わたしが見つけていたでしょう！」

アトランは表情を変えなかった。若い女テラナーを納得させられるのは事実だけだ。

「直接的にはない」かれは認めた。「ニッキ・フリッケルが三日前に《ソロン》でもどってきた。上等な酸素世界を発見し、〝カンクラ〟と名づけた」

「みな、知っています」メインティは驚いたように認めた。アトランは思わずかすかに笑みを浮かべた。なにか論じるように彼女は話をつづけた。

「ニッキはそこで何十億匹もの骨ガニを発見し、それがもっとも大量に発生している種だと認定しました。基地の建設は、この種が自然に発生するのを大きく妨げるでしょう。そのため、われわれはカンクラを基地世界とするのを断念しました。異世界の生命の成長をとめることはだれにも認められません」

アルコン人は感心したようにうなずいた。しかし、メインティはその表情に不安をおぼえた。

「なにか問題があるのですか？」と、たずねる。「テラでの環境保護の失敗の時代から、自然に発生した状況の保護がいかに重要かはよくご存じでしょう。創世の時代に、異世界の生物をわれわれが毒物で汚染してしまうのはよくないことです。まさにそれが、新しい基地の地域で起きるでしょう」

「もちろんだ、だが、わたしが問題にしているのはそこではない」アルコン人は強調した。「きみのシントロニクスで調べてほしい。ルイペッチという言葉はグラド語で、節足動物から脊椎《せきつい》動物への移行期の動物の種をあらわしている。かれらには内骨格の兆《きざ》しがあるから、ニッキ・フリッケルは骨のある甲殻類だとした。なぜ、謎のアドヴォクは、わたしにルイペッチの世界で会おうと伝言させたのだろうか？」

メインティの指はすでにキイボードの上を動いている。シントロニクスはもとめられたデータを一ミリ秒で出した。

女テラナーはそれを読むとシートのなかでからだの向きを変え、モニターを見あげた。

「本当でした……ルイペッチという言葉があります。直接的ではありませんが！　シントロンはそれを〝骨ガニの世界〟と訳しています。つまり、アドヴォクはニッキの遠征を観察していたということになります。そしてすぐに、あなたに最初の謎を提示したのです」

アトランのゆがんだ口元に皮肉が浮かび、本心があらわになった。

「それは確定事項か。それとも憶測といったほうが適切かな？」

彼女は髪に手をやり、考えこむようにかぶりを振った。

「憶測では、なにも進みません。それはあなたもよくご存じのはず。アドヴォクはあなたを知っています。かれのメッセージをわたしは、ちいさな尊敬の念がひそかにこめられたあつかましい挑戦ととらえています。いくらか親しみもこもっています。グラド語の言葉を突きつけて、異人はあなたがそれを受け入れるか拒むか、賭けをはじめています。そして受け入れられると想定しています！　さらにあなたの知性があれば、ルイペッチという言葉から行動できると決めつけています。こうしてテストの最初の段階がはじまったのです」

アトランは心を動かされ、うなずいた。メインティの分析は、かれ自身の考えと一致していた。

「あつかましく、恥知らずで、挑戦的だ」かれはもの思いに沈むようにいった。「これまでの生涯でかかわった無数の者たちのなかで、だれが銀髪の年よりの栄誉心と好奇心に訴えかけようとしているのだろう？」

「あなたがアトランだと信じたくない者です！」アリ・ベン・マフルが突然口をはさんだ。めずらしく真剣な表情だ。「どうかしているとは思わないでください！……ですが、できればラトバー・トスタンだと考えたいのです！　これは、まさにかれらしい行動といえるでしょう」

アトランはしばらく黒々とした巻き毛のテラナーを見つめていたが、突然口をひらいた。

「銀河ギャンブラーを想定するのはこの場合、まったくおろかしい行為ではない。アドヴォクはトスタンのようなタイプにちがいない。きみはいま《カルミナ》の乗船許可を勝ち得たぞ、海賊づらした若者よ！　実際、ある者はわたしがアトランだと信じられないようだから。信じられるのなら、集合地点フェニックス＝1のランデヴー・ポイントに高速の船できっと姿をあらわすだろう。かれはそこをとっくに知っているはず。メインティ、ルイペッチ、別名カンクラに針路をとれ。すぐにそちらに向かう」

アトランはインターカム接続を切った。アリはほっとして頬を膨《ふく》らませ、両手でたたいた。

「ほんとに子供みたい！」メインティ・ハークロルがしかるようにいう。「向こうのハッチに、あなたの親友、アアロン・シルヴァーマンがいるわ。スイッチをテストしながら、かつて《カルミナ》がネット船だったことについて考えているわ」

アリは立ちあがり、両手を胸にあてておⅰ辞儀をした。

「陛下の仰せのままに」芝居がかったようすでささやき声でいう。「この古い言葉の使い方はあっていますか？」

「さっさといって。わたしは……こんどはなに？」

モニターに《リブラ》の識別記号がうつり、カヌート・ヴィルブラスが異例なたのみごとをしはじめた。

「……シントロン・バンクで、アコン人の言葉で〝ヴェドシェジュ〟という言葉の意味を調べてもらえないか。われわれのところでは誤って削除されてしまったんだ」

メインティが操作する。アリとアアロンが興味深そうに近づいてきた。とうとうシントロニクスが謎を解き明かした。

「〝背中の曲がったコブダニ〟という意味です」

カヌート・ヴィルブラスの顔が突然、いつも以上にやつれたようになり、あわててささやき声で礼をいうと、スイッチを切った。

＊

銀河系船団に所属する空飛ぶ研究室に改造された探査船は、半光秒はなれた待機ポジションにあった。

《ラクリマルム》は生物のいない惑星で、かつ乗員が定住可能な生活条件をそなえた惑星の発見を、いらだちながら待つ数隻の宇宙船の一隻にすぎなかった。

女神経プシオン学者のロドニナ・コスナトロワは機器の前にいた。《ツナミ＝コルドバ》のかつての首席艦医は、《ラクリマルム》ですぐに新しい活動場所を得ていた。

「ありえません！」彼女はアトランの要求を退けた。「いまは彼女とは話せません。治療ははじまったばかりです。イルナがヘラの窪地の影響領域で、プシオンの作用する境界モデュレーションのきわめて周波数の高いはげしいハイパー放射にさらされたのは確実です。それによって生じた彼女の神経プシオン性オーラの基本的な障害をとりのぞこうとしているのですが、それには時間がかかります。彼女は深層睡眠にはいっています」

アトランは、ロドニナはどんな状況にあっても自身の責務を避けることはないのだと気づいたが、それでももう一度説得を試みた。

「わたしはスタートしなくてはならない。この状況の異常さはわかっているだろう。何者かがカンクラでわたしに会おうともとめているのだ」

ロドニナは記録機器からさがり、医療ステーションの内部が見えるようにした。バス＝テトのイルナは透き通ったエネルギー・ドームのなかで眠っていた。からだは第二のフィールドによって浮遊している。

「わたしがなんの話をしているか、おわかりでしょう！」神経プシオン学者は無愛想にいった。「調整され、変異した脳は、わたしたちの脳とは異なった反応をします。イルナがいないとだめだとお考えなら、計画を延期してください」

アトランはイルナによろしくというとスイッチを切り、消えていく画面を数秒間見つめた。

「こういった女をかつてはメガイラ、復讐の女神といったものだ」と、つぶやく。さらにだれにも理解できない言語の言葉がつづいた。

アリ・ベン・マフルはひそかに音声指示に切り替えて、シントロニクス結合体に問いかけた。

「ざっくりとした定義しかありません。古代ギリシア語、テラの古代の言葉です！」

シントロンの返答はそれだけだった。メインティはモニターのスイッチを切った。人差し指を警告するようにアリに向かって立てる。アトランはなにも気づかないまま、ハイパーカムの前で腰かけていた。

アリは肩をすくめた。同時にメインティのほほえみから、アコン人のバス＝テトのイルナが今回の任務からはずれることを、彼女がまったく悲しんでいないのを読みとった気がした。

アルコン人が立ちあがって見まわすと、超空間記号論理学者は周囲でなにも起きていないかのように自身のセクター回路を見つめていた。

「よし、事態は進んだ」アトランはすぐにいった。独特な顔にとくに表情は浮かんでいない。「離脱通告をしたあと、ただちにスタートだ。ニッキ・フリッケルがわたしの代理をつとめる。超光速航行で距離を縮める。メインティ、イルナの任務を引き受けてほしい。すまない」

メインティは同情すべきイルナがアトランのそばにもどれるまで、最善をつくすと約束した。

アリ・ベン・マフルとアアロン・シルヴァーマンは笑みを押し殺した。アトランはブロンドの女テラナーに向かって疑い深そうな目を向けたが、それ以上追求しなかった。

ニッキ・フリッケルがまたハイパーカムで特殊なデータを送ってきた。

「あそこにはたいしたものはありません」彼女はそういって説明を終えた。「ともかく淡水は使えます。もしその男に会ったら、わたしのかわりに叱責してください」

「いつものように優美にひかえめにな」接続が切れると、アトランは笑った。「惑星テラは故郷銀河で、もっとも多くの変わり者が生まれた世界だといえるだろう」

「メガイラもですか？」アリはたずねた。

「歴史的な言葉をふりかざすなら、メガイラもだ。操縦のしかたはわかっている。わたしがみずから操縦しよう」

3

アトラン

ニッキ・フリッケルの宇宙データにまちがいはなかったと裏づけられた。

惑星カンクラは、ごくふつうの淡黄色の恒星の第二惑星だった。第一惑星は土星ほどの大きさの居住不可能な惑星で、常に一方の側を恒星にむけて自転していることが判明した。

わたしの第一印象は何千年も前からつねに最高だということが、裏づけられた。カンクラはM‐30宙域のほとんど外側にあった。この星は探知しやすく、外側にあるためほかの星と混同しにくい。

きわめて重要な基地の建設というわれわれの目的にとって、このちいさな星系は戦略的にも戦術的にも、条件が過度によすぎるものだった。ここにわれわれのかけがえのない生活物資を注《つ》ぎこむのはおろか者だけだろう。

ラコ・レジャーノは《カルミナ》を静止軌道にいれた。かれについては選んで正解だった。かれは小太りの標準年齢七十八歳という成熟したテラナーで冷静沈着な気質だ。首席操縦士としての任務をほかの者よりもいくらかゆっくりとだが正確にこなしていて、それをわたしはつねに重要視してきた。

アリ・ベン・マフルとアアロン・シルヴァーマンはその専門領域で非常に有能だ。そうでなかったらラトバー・トスタンのような熟練者は両名をけっして乗艦させなかっただろう。ハーム・フォールバックとメインティ・ハークロルもきわめて優秀な人材に数えられる。

高エネルギー技師であるあらたな二名、アリとアアロンは、銀河系船団の全船長が自分たちを奪いあっていたことに、無邪気にもまだ気づいていないようだった。

わたしはかれを見やり、思わず笑みを浮かべたが、突然アリは不意をつかれたと感じたようだった。

「なにか問題でも？」かれが不安そうにたずねる。

アアロン・シルヴァーマンは鍛えたからだを伸ばし、できるだけ無関心そうなようすで自身のテクノ制御コンソールを見つめようとした。

「すべて順調だ、若い友よ」わたしはアリを安心させるように答えた。「きみとアアロンのチェックは最高だった。メタグラヴ・エンジンは、かつてテラでミシンといわれていたものと同じように動いている」

このふたりの友は、自分たちの祖先が二十世紀にはまだたがいにはげしく争っていたことを知っているのだろうか？　当時のわたしには、なにも手をくだせない理由で。付帯脳から警告するようなインパルスを受け、わたしは現実に引きもどされた。いまは実際、こうして見つめていてもまったく意味はない。

わたしは制御コンソールにまた向きなおった。船首の壁にある大型スクリーンに、恒星の昼の光がそそぐ半球の世界がうつしだされている。この光景には最初の瞬間から不快感をおぼえていた。

けわしい山脈、広大なサバンナや砂漠がひろがっている。そこはところどころグリーンの鬱蒼とした植物群でとぎれているだけだ。

ここはアドヴォクがルイペッチと呼んだ、骨ガニの世界だ。

ニッキ・フリッケルがこの惑星を探索しているところを監視されていたにちがいないとわれわれは結論を出した。また、それ以上いい説明は出てきていない。いずれにしても古い星図にはこの淡黄色の恒星はのっていなかった。ここまでテラの宇宙船が迷いこんだこともないのだ。

メインティ・ハークロルはわたしの思考を把握していて、この果てしないもの思いからわたしを解き放とうとしているようだった。

「実際、アドヴォクがそこであなたに会ってテストをしようとしているとは思えないのです」メインティの声がほがらかに響いた。

わたしは振り返り、彼女のブルーの瞳をじっと見つめすぎないように気をつけた。

「そうだな」わたしはしばらくしてから返事をした。こうしてできた間の原因を彼女が説き明かそうとしているのは、その目を見ればわかる。「わたしも、この無人の惑星が銀河系船団の一員にとって運命的なものになるとは想像もできない。アドヴォクがわたしをためそうとしているなどと、なぜ考えたのだ？　純粋な偶然で重なったということはべつにするとして」

瞳から悩むような色が消え、彼女はうつむいてデータを見つめた。プリントアウトまでされていた！

アアロン・シルヴァーマンとアリ・ベン・マフルが制御ポジションをはなれ、こちらにやってきた。なにか気がかりがあるのだろうか？

超空間記号論理学者がわたしの問いかけに返事をするのを両名は待っている。彼女は綿密に明瞭にいった。

「アドヴォクは、ハンガイ銀河でのカタストロフィの時代以前からあなたを知る知的生命体にまちがいありません。約七百年、時間を転移しているため、アドヴォクはあなたの存在を信じられなくなっているのです。でも、あなたがほんもののアトランであることを望んでいて、だからあなたをテストしようとしているのです。かれの年齢については可能性がふたつあります」

彼女は黙り、こちらを見つめた。今回は、その視線をわたしは避けなかった。

「ふたつ？　きみのシントロニクスはどういっている？」

「わたしの記号論理学がいっているのです！」彼女は訂正した。「アドヴォクはわたしたちと同じように時間跳躍を体験した知的生命体かもしれません。カルタン人か、ハウリ人、あるいはほかのハンガイ銀河の生物ということもありえます。だれがわたしたちとともに災いにさらされたのか、正確にはわからないのです」

「そのとおりだ！」わたしは感心した。「で、もうひとつの可能性とは？」

「生物学的に不死か、ひどく長命の生物かもしれません。前者の場合、細胞活性装置を持っているはずです。後者の場合、かれの種族の寿命はすくなくとも標準年で七百五十年以上ということになります。わたしたちの遠征のはじまりのときには、かれはすくなくとも五十歳のはず。かれの発言は若者らしくありません。アコン人のガン・ケル・ポクレドの侮蔑に対する反応からわかります」

わたしは無意識に同意してしまった。彼女は本当は考えられるのだ！　そう……超空間記号論理学は上位記号論理についての学問だ。そこでは複雑に分析された感情が、決定的な役割をはたしている。

アアロン・シルヴァーマンはかなり力強い言葉で、はじまりかけた議論を中断させた。

「わたしが発見した岩の台地に、高エネルギーを放射する金属の物体があります。五次元放射源です！　理解できるような通信インパルスは確認できません。不死者の命を奪おうとしているような物体にさえ見えます」

「背中の曲がった特殊な型のコブダニ、ハイパー・ウェドシェジュですよ」アリ・ベン・マフルが無頓着そうにつけくわえた。「もし、それがあなたにとって、あまり、ためにならないものだったら？」

このとき、ふたりの友が制御ポジションからはなれた理由がはっきりした。

「ですが、あれはアドヴォクのようには見えません」アアロンもいう。「ただし、メインティのいう生物学的な不死者かきわめて長命な者が、大きめのロボットだったらべつですが。これが三つめの可能性ですね」

＊

アリ・ベン・マフルは尾部のエアロックにきていた。アアロン・シルヴァーマンとともに、新しく設置された搭載艇の吊りさげ部やそのほかの機器をチェックする。

かつてドリフェル・カプセルがあった場所には、既存の搭載艇にくわえ、大型の〝ラベル〟タイプのユニットが収容されていた。その艇はたいらな、細長い馬蹄《ばてい》型で、船尾は直線で先に向かって細くなっている。

このラベルはこれまで一度しか使用したことがなかった。いまの状況では、メタグラヴ・エンジンとグラヴィトラフ高エネルギー貯蔵庫をそなえたこの、武装した超光速の飛翔艇がちょうどいい。

「すべて順調です」アリは主張した。「船内には大型のラベルが一隻あるだけ。あなたの《カルミナ》はかなり胸の薄いゴリラです。大型の猿人は、そういう呼び方でしたよね？」

かれはきわめて率直に、こちらに向かってにやりとした。わたしはかれの黒い瞳に好意の兆しが感じられたような気がした。

「逆だ、友よ、類人猿だ！　助けが必要なときは、《カルミナ》できてくれ。用意をたのむ」

「万事おまかせを」かれはいって、探るような目つきを向けた。「大いなるアドヴォクがそこで待っているのはたしかでしょうか？」

「かれがどれだけ大きいか見てみよう」この会話を終わらせようとわたしはいった。

「約束の地に同伴者を連れてはいけない。古代からのルールだ。だからきみはここにのこってくれ」

とうとうかれはわたしを〝保護して支え〟ようとするのを断念した。自身のセランを残念そうに見つめるかれの視線をわたしは無視した。防護服を着用しろとはだれもかれにいっていなかった。

アリは話題を変えて、事務的になった。

「われわれ、静止軌道にとどまります。装備に異常はありません。すっ飛んできてほしい場合は、細胞活性装置探知機であなたの位置を追跡します」

「すっ飛んで？」わたしは唖然としてくり返した。

「トスタンの言葉です」かれはにやりとした。「いい言葉でしょう？　昔のテラの言葉もなかなか悪くないですね」

わたしはかれの中途半端《はんぱ》な知識を訂正しようとするのをあきらめた。このところ、アリとアアロンは、テラの古いいまわしをめぐって争っていて、信じられないような言葉が口にのぼっている。

艇のせまいエアロックにはいると、わたしは外側ハッチのロックボタンを押した。このとき側壁に吊りさがった、不格好な物体に触れてしまった。ゲートが閉まろうとしたとき、アリが呼びかけてきた。

「万一のため、トスタンの特殊な武器をエアロックの道具ホルダーにおいておきました。かれは貴重な道具を爆発の前に安全な場所に移動していたのです。この結合銃はわれわれからのささやかなプレゼントです」

わたしは考えこみながら相互結合銃をじっくり調べ、内側ハッチを抜けて船首にはいった。ここには操縦士席がふたつならんでいる。

こうした武器ははるか昔から知っている。とっくに時代遅れな代物だ。だが一度、ハンガイ銀河のギルラトゥ星系のアラパで、この武器が驚くような効果を見せたことがあった。

左側の成型シートにすわると、メインティ・ハークロルがテレカムで連絡してきた。

「しばらくは干渉のない通常周波数を使用します」当然のことのように彼女はいった。「ハイパーカムも追加の予備装置として稼働しています。ルイペッチについての新しいデータは引きつづきあなたのシントロニクスに中継されます。探知した異物はまだ岩の台地にあります。あなたのオートパイロットはプログラムずみです。どうぞ修正しないでください。大気は良質、呼吸可能で、着陸地点の気温はあなたにとってきっと耐えられるものでしょう。というのも……」

わたしのがまんは限界に達した。

「お手製のリストウォーマーは左下にあるリュックサックのなか、ふたつめの外側の仕切りのところにあります、だろう？」わたしは怒って話をさえぎった。「もうたくさんだ、テラナー！」

「あの、リュックサックとはなんですか？」彼女は驚いてたずねた。

わたしはあきらめて映像接続を中断し、小型格納庫の外側のゲートが開くと、スタートした。

やっかいな戒めをまぬがれ、自由に宇宙空間を驀進《ばくしん》することを許されるというのはありがたいものだ。このときメインティの言葉がよみがえった。彼女はわたしを銀髪の年より呼ばわりするとは失礼だと、アドヴォクの悪口をいっていた。わたしの髪の色は依然としてきわめて明るい白ブロンドなのだが、それは忘れられてしまったようだった。

付帯脳が軽蔑するようなインパルスとともにメッセージを送ってきた。さらについでに、それが写真的な記憶と論理セクターとで一致しているということを指摘した。もしかしたらこれはもうすぐ利用できるかもしれない。

遠距離探知の表示に集中する。地表にはこれ以上接近しなかった。ついにオートパイロットは巨大すぎる軌道にはいったのだ。この下降するカーブをたもって着陸しようと思ったら、何時間もかかるだろう。

シントロニクスに呼びかける。

「プログラミングMによる軌道です。ご希望によってAAに調整できます」シントロニクスは答えた。

わたしはどうにか平静をたもち、AAとMのちがいをたずねた。

「Mはメインティの M、AAはアリとアアロンです」

「AAに切り替えてくれ」わたしは罪のないコンピュータに向かってどなりつけるように大声でいった。

この返事を確認すると、高速の軌道航行は突然停止し、船は急角度で惑星の大気圏に突入した。円形のたいらな船首の前で、白熱したガスの塊りが衝撃フィールドによって軌道から外にはじかれる。

モニターにうつる自分の姿を見て、髪が実際は銀色ではないことに気づいた。細胞活性装置がインパルスを発しつづけているとはいえ、奇妙なことだといえよう。

モニターが突然明るく光った。目に痛みをおぼえ、現実に引きもどされる。

補助にはいった《カルミナ》の乗員はイカれてる、それはたしかだ！

ラベルはけわしい山脈の上を異常なほどの高速でうなりをあげて飛んでいた。アアロン・シルヴァーマンとアリ・ベン・マフルはわたしの神経が丈夫だと信じているようだ。ひょっとするとふたりは、この常識はずれのプログラムで、肝試しのようなことをしたかったのかもしれない。そのせいでこの作戦が危機にさらされる可能性があるとは気づかなかったようだ！

両名のプログラムをわたしは受け入れ、手動で事態を解決しようともしなかった。すでに本能的に予感したことが起きていた。

船は山並みの上を通過し、急降下した。光学探知機を見ると、金属のように光る巨大な物体がこちらに向かって近づいてきている。

軌道上を飛んでいたときから認識できていた正体不明の物体だ。

エンジンの響きと空気の光る塊りがしずまっていった。円錐形の構造物の約百メートル北で滑り木のような飛翔機は岩場に触れた。静寂が訪れ、シントロニクスの声だけが響いた。

「着陸完了。プログラム終了。ご指示はありますか？」

透き通った天井パネルごしに空を見あげた。大気が暖かく光り、地平線が乳白色に見える。

「いまのところ、とくに指示はない」わたしは心ここにあらずのまま答えた。「保安プログラムを、入力されたとおりに。近距離探知接近検知の結果は？」

「変わりません。遠距離探知と一致しています。データはモニターにテキストで表示されます。未知の物体の映像がうつります」

大型スクリーンに円錐形の物体がうつしだされた。高さ五メートル、基部は直径二メートルだ。

「メートル法で計測しています！」シントロニクスはいった。「高エネルギー放射、五次元ベースの強い残留放射、超高周波があります。通信インパルスはありません」

こうしたデータが百も送られてきた。半時間以上、ただ分析しつづけて観察したのち、アドヴォクが望む会合になんらかの干渉をしようと心に決めた。そのためには下船が必要だ！

シントロニクスからは警告され、付帯脳にはおろか者と呼ばれた。どうしてわたしは平静をたもって待っていられないのか？　結局、アドヴォクがこの会合をもとめたのだ。

わたしは抗議をつっぱねた。心の奥底でなにかが、行動を起こさないと好奇心がおさまらないと告げている。未知の者が高い確率でわたしに期待している行動を！

セランをチェックする。この戦闘服は改良型で、生命をおびやかす世界や宇宙空間で生きのこるのに必要なものをすべてそなえている。

ルイペッチは直接的に生命をおびやかす世界とはいえず、ただいくらか乾燥していて高温というだけだ。摂氏三十五度の外気温はたいした問題ではないし、〇・八七Gという低重力は、妨げというよりもむしろ好ましい。

装備は最高で、武器の制御装置は、チェックした二名の技師の能力と変わらず申し分ない。アリとアアロンは、腕と同じ程度の長さの重い高エネルギー銃を持っていくようにと主張し、わたしは最終的に同意していた。

こうして装備を着用すると、わたしは人員用エアロックに足を踏み入れた。圧力が均衡になると、前方のハッチを開き、その位置でロックした。逃げ道は確保しておかなくてはいけない！

眼前には広いが、見通しの悪い台地がひろがっていた。あちこちに岩がころがってい て、いざというときには格好のかくれ場になりそうだ。

パラトロン防御バリアのスイッチを指で押す。たとえ使わなくても問題ないと思って いても、予防措置をけっしてあなどってはならない。

ローマのティトゥス帝の時代、ヌビアのグラディエーターであるルバスも戦いに二百回勝利したあと、網と三つ又の矛《ほこ》だけで勝《まさ》っていけると信じていたが、小柄で敏捷《びんしょう》なガリア人に、無防備だった頭を剣で砕かれた。ルバスは兜《かぶと》をかぶっておけばよかったのだ！

この記憶は苦痛となった。岩だらけの台地をゆっくりと歩き出すと、大昔に死んだ者たちがわたしの名を呼んでいるように思われた。

空高く《カルミナ》が見える。乗員は、光学探知で何倍にも拡大してわたしを確認できるだろう。

ピコシンから通信がはいった。マイクロシントロンの音声が耳後型マイクロカムからはっきり聞こえる。

「通信テストです」アアロン・シルヴァーマンの声が、もどってきた静寂を破った。

「しっかり聞こえていますか？」

「なにも問題はない。今後、こちらには手を出さないように、いいか。以上！」

「わかりました！　金属製円錐の放射がより強くなっています。それを伝えたかっただけです。こちらも以上です」

アアロンの声がやみ、かわりにピコシンの音声がはいった。

「未知の物体が防御バリアを張りました。高エネルギーインパルス、一部はプシオン周波領域です」

わたしは立ちどまった。長いあいだ生きてきて本能的に習慣から、重いコンビ銃をひじの内側にすべりこませた。ビームロを前方に向ける。

「そんなことをしてもむだだ、赤目！」だれかが低い声でいった。

わたしの細胞活性装置がはげしく鼓動をはじめた。過去がわたしに追いついたのだ。

4

突然、光を放った円筒形の物体の防御バリアから、かれは外に出てきた。黄色の炎の数本の槍が追ってきて、かれを突き刺す。しかし、かれは気にもとめなかった！

それは、かれが歴史にはじめて登場したときに嘘といつわりでひとびとの心をとらえ、その後、アルコン人の科学力で実際に人類に影響をあたえ、それどころか癒《いや》しさえしたひとりひとりのことを、ほとんど気にしていなかったときと同じように見えた。

かれはゆっくりと歩みを進め、恨みのこもった目つきでわたしをじろじろ見やり、ついに脚をひろげて立ちどまった。力強い右手は、古代の軍用銃の銃床を握っていた。

ぼさぼさの髭《ひげ》の下に、顔が一部だけのぞいている。なめしたような艶のある肌色で、脂ぎった髪を肩まで伸ばし、中央でわけてうなじで結んでいる。以前はこんな姿ではなかった！

かれはさらに歩き、右の太ももを岩にかけて腰をおろした。左脚を大きくひろげ、わたしに執拗に目を向ける。かれの目はもはや〝輝いて〟いなかった！　素朴な者たちを恐れさせたような効果を発揮するためには、わたしがあたえていた薬が必要だ。かれはずっと前からわたしの薬を飲んでいない！

わたしの脳のなかで炎が燃えさかっているようだ。わたしは写真のような記憶力で、すぐにかれに気づいた。

かれが使う言語にわたしは問題を突きつけられた。かつてこの言語をヒュプノ学習プログラムによって学び、修得した。しかし、いまもその言葉を理解はできたが、分類するのがむずかしかった。

長身で肩幅のひろいその男は、軽蔑したように地面に唾《つば》を吐いた。わたしはそれを無視した。この瞬間、ピコシンが《カルミナ》との通信接続がとぎれたと伝えてきたからだ。

そうだったのか！　だれかが、時の孤独な者、つまりわたしに試練をあたえようとしている。亡霊のような者の出現で、われわれの疑いは確信に変わった。

細胞活性装置の動きが通常の状態をとりもどした。不気味な者はただこのときを待っていたかのように思われる。わたしの精神状態を探知できるのだろうか。

「またおちついたか、赤目？」かれは乱暴にいった。「わたしのことがわからなければ、また不安になることもないだろう。冷たい灰男はもう興奮しない」

かれはわざとらしく大声で笑い、突然、黙りこんだ。

フル装塡の長い素朴な銃の銃身がなめらかに上に向けられ、まるく黒い銃口が見えた。

それはモシン・ナガンM1891という、西暦一八九一年のロシアの口径七・六二ミリメートルのボルトアクション式小銃だった。

「で？」かれはうながすようにいった。「あなたはここでだれとともにいる栄誉にあずかっているのだろうか？」

忘れたと思っていた、かれが話すテラの言語の音が、たどたどしく舌にのぼってきた。付帯脳が高速で働き、しだいにうまくいくようになった。銃はまだ腕にかかえている。

「どうだった？　灰男」わたしは話しかけた。「鏡を見てみろ、ならず者め！　われわれのどちらがならず者に見える？　ユスポフ侯はきみに十倍の毒を用意するべきだった。きみはラスプーチン、グリゴリー・エフィモヴィチだな！　二千八百年以上もたってから、わたしの前にあらわれるべきではなかった」

こんどは恨むようにかれを見つめた。かれはまた地面に唾を吐き、肩をすくめた。

「本当に……赤目はわたしのことをよく知っている！」考えこみながら、亡霊は説明した。「一九一六年十二月末、あなたはわたしを見殺しにした。毒に対するわたしの免疫は切れていた。あなたの解毒剤が必要だったのだろう。アレクセイ皇太子はふたたび出血しはじめ、わたしは突然かれを助けることができなくなっていた。皇后は気が動転した。あなたはわたしの宮廷での地位をこのように低下させ、高貴な生まれの者たちがわたしに毒入りの杯をわたそうとするようになった。こうしてわたしは撃たれた。その武器は？　これがわかるか？」

かれはほとんど膝までとどく金色の上着の襟元を勢いよく胸まで引き裂き、弾痕を見せた。それは十五以上あった。

わたしはそのわざとらしい身ぶりに不快感をおぼえた。アドヴォクはこのまやかしでなにをしようとしているのか？　かれはいま、わたしがロシアの奇蹟の祈禱僧の偽物を見破ったのを悟っている。

ほんもののラスプーチンとは、当時、サンクト・ペテルブルグに視察におもむいたときに知りあった。かれは皇后の厚い信頼を悪用して、自分は皇太子の血友病を治せるといってあざむいた。

わたしはかれにアルコン人のマイクロ機器を持たせていたが、そのなかには威力の弱いヒュプノ銃や皇太子の血友病による出血をとめる薬があった。ラスプーチンは即座に成功をおさめた。

かれの使命をわたしは輝かしいものとして分類した。かれはわたしの権力手段を使い、ツァーリを動かし、虐げられた民衆により多くの自由をあたえようとした。わたしは大衆の革命とそれにともなう流血の惨劇を見ることになったが、このすべてをラスプーチンは阻止するはずだった。

しかし、かれは自堕落な騒ぎと個人的な権力を大きくすることを選んだ。そのため、わたしはかれを支持するのをやめた。かれにとっても再認識の小話は終了したようだった。

かれはまた上着をしめて、襟元を留めた。

つづいて警告することもなくモシン・ナガン歩兵銃を発砲した。メタルジャケット弾はパラトロン・バリアをうがったが、崩れ、エネルギーの閃光となってひろがった。かれが動作をくり返し、銃がかちりと鳴る音が聞こえた。

〈あの銃はほんものだ！〉付帯脳が警告する。

「五発装塡ずみの弾倉を三本持っている」ラスプーチンは誇らしげにそういった。「最後の弾であなたを殺す。その防御バリアも役にたたない。だが、なにか思いつかないか、赤目！」

二発めがバリアに命中した。フィールドラインから伝わる衝突エネルギーを感じ、防護ヘルメットを閉じる。カタストロフィ・スイッチが即座に反応し、からだと内側のバリア壁のあいだに生じた空気のクッションを外部に排出した。

〈排気完了、真空状態です。体内圧力はエネルギーで維持されています〉マイクロシントロンの通知がヘルメットのまるみを帯びた内部スクリーンに文字で表示された。

ラスプーチンは岩から太ももをおろし、わたしの前に大股で立つと、長いボルトアクション式小銃をはじめて肩にのせた。かれの右目がぴたりとあった照門と照星の向こうに見える。耐えていたものの、気がたかぶらずにはいられない。

わたしの銃撃のほうが、かれが人差し指を曲げるよりも早かった。高エネルギー・ビームが巨大なからだに命中し、だれも存在しないかのように貫通した。

感じたのはただ、銃の反動だけだった。ビームの軌道に沿って白熱した空気が渦巻いている。はるかかなた二百メートル向こうで、大きな岩がはげしい光につつまれて砕け散った。

分子破壊ビーム、さらに麻痺ビームをためしたが、不気味な男はまるで反応しなかった。

なにもなかったかのように、男は物質的に安定したままわたしの前に立っていて、歴史的な設計の重い軍用銃をしっかりとかまえ、発砲することさえできた。つづいてまた弾丸がバリアに命中し、とうとうわたしはこの出来ごとがゲームではなく、命の賭かった真剣勝負であることがわかった。

「さて……ようやくわかったか？」脅すような声だ。「十五発めの弾丸はその胸の金属の卵に命中するぞ。わたしが先にそれを奪わなければだが。前にそれを実行した者がいただろう。ただし、それが手榴弾だったならば、かつてのクマの檻《おり》のピョートルのようになるぞ」

今回は無意味な笑みをかれは浮かべなかった。このラスプーチンを奥で操る監督はなかなか優秀だった！　おまけに学習能力もあるようだ。

わたしの反応は、何千年も生きながらえてきた本能によって定められていた。わたしの弱点はつねに細胞活性装置だ。もしこれが破壊されたり奪われたりしたら、わたしは六十二時間以内に死ぬ。

状況は悲劇的であり喜劇的でもあった。わたしは復活した怪物から逃げることは考えなかった。かれは望むときに、わたしにとっては害のないのこりの弾丸を、いつでも地上のどんな高度でも発射できる。わたしをかならずしも標的にする必要はなかった。では、なぜ身をかくしつづけるのか？

回避しようとしても体力が消耗するだけだ。いずれかれは十五発めの不愉快な銃弾がはいった三つめの弾倉を銃に装塡することになる。

〈着陸艇です！〉論理セクターが注意をうながす。

それについてはすでに考えていた。だがその前に、あることをためしてみたい。円錐形の機器の防御バリアに向かってサーモ・ビームをはげしく放射した。もしこれが消え失せれば、ラスプーチンも死ぬだろう。それは確信している。

炎の渦がこちらに向かってはねかえってきた。白熱の炎がわたしをとり巻く。わたしはうしろにはじきとばされ、無数の石のひとつに激突した。

奇蹟の祈禱僧は機器のバリアで反射されたエネルギーを感じなかったようだ。前のほうでは地面が沸騰《ふっとう》している。真っ赤な溶岩がゆっくり動いては、すぐに蒸気をあげる岩の塊りになる。

「そんなものではだめだ、能なしめ」ラスプーチンは冷静にいい、つづいて放った一発が岩に命中した。岩の破片がパラトロン・バリアで音をたてる。

わたしの自己保存の本能がついに目ざめた。ない。これはゲームでもテストでもない！　テストでも通常は落第者が命を落として終了するということはない。ところが、もしこの悪夢のような化け物をうまく退治できなければ、いやおうなく死に直面することになるのだ。

ラスプーチンの弱点はどこだ？　背後で行動しているはずのアドヴォクは、本当にこの荒れ果てた世界で永久にわたしを排除するつもりなのだろうか？　それはかれの意図ではないだろう。それなら、とっくに実行している。

なんのために、このテストをおこなっているのか？　だが、おそらく、わたしがほんもののアトランなのか、クローンの複製なのか、探り出すためだけなのだろう。しかし、もし本当に真相の解明に関心があるのなら、なんらかのヒントをわたしにもたらすはずで、そこから謎を解くチャンスを得られるだろう。

その重要な鍵となるのがラスプーチンなのだ。わたしはかれをかたづけなくてはならない。どうすればいいか、その方法については、いつもは全知のピコシンが口を閉ざしている。

「基本データの入力を！」能なしの物体が言葉少なく伝えてきた。

当然……この優秀なシントロニクス結合体は前もってデータをあたえておかないと、ウシガエルよりも間抜けな動きをする。ウシガエルはすくなくともまだ自分で鳴くことはできるのだから。

さまざまな思いがあふれてくる。論理セクターの全力の援助によって、写真のような記憶が鮮やかによみがえる。

ラスプーチンは謎を解く鍵になるようなことをすでになにかいっていただろうか？

皇太子の名前はなんだった？　皇后の名は？　毒を飲んだあと、ラスプーチンはさらにどんな武器で撃たれたのだろうか？　クマの檻に投げ入れられる前に、ピョートルになにがあったのか？

そもそもラスプーチンはヒントをくれていたのだろうか？　それとも皇太子が望んだときにようやくそれは実行されるのだろうか？　わたしが本人だという証《あかし》がほしいなら、実行するはずなのだ！

ヒントは出されたのか、出されていないのか？

助けてくれる者はいない。だれも救いの言葉をかけてくれない。《カルミナ》との通信は依然としてとぎれている。

突然、ラスプーチンの発言のひとつが端緒《たんしょ》となり、わたしの覚醒した意識が最高レベルまで奮い起こされた。

不確定要素はのこっている。しかし、アドヴォクは自身の奇妙なテストの規則では実際、わたしがそのようなことを実感として考えられないということを考慮しているはずだ。

わたしは今は、かれにはきっと理解力があると思っているのだが、かれがもしそうした理解力があれば、それを考慮したテストを計画したにちがいない。

ラスプーチンがまた銃撃してきた。自動小銃の射撃は信じがたいほど正確で、擬似怪物はわたしの喉頭やほかの敏感な部分を狙って楽しんでいた。

「十発めです!」と、ピコシン。「さっきの話によるとのこりは五発」

内心の緊張にもかかわらず、あるいは緊張のせいか、わたしは哄笑した! セランのシントロニクスのワイヤーロープの曲芸師は本当に特別なデータを入力することもなしに、また自発的に十発まで数えていた! しかし、わたしの考えが正しいかどうかについては、まだ断言できなかった。

そこで調整するために、比類のない巧みさでわたしのセランを操り、搭載艇に飛ばした。これほど常識を超えた速度で、三段階の回避飛行など、わたしにはけっしてできなかっただろう。ラスプーチンの銃撃は三度、かたわらをはしっていった。いま弾倉にのこっているのは危険のない一発の銃弾だけだ。

開いたままのエアロック・ハッチまで半メートルというところで高速飛行は停止した。わたしは直立し、慣性の法則にしたがって前方に引かれていった。

ラスプーチンが大きく跳躍しながらあわてて接近してくる。

十四発めの弾丸が与圧室に甲高い音とともに飛びこみ、跳ね返ってきたときには、わたしはすでにラトバー・トスタンの相互結合銃を手にしていた。

回転式弾倉は完全に装填されていて、装填マークは弾着モードの通常爆発、三重収束弾の赤い印を指している。つまり薬莢《やっきょう》に挿入された最初の相互結合弾の点火装置が、マイクロメカニックによって正しくセットされたということだ。

ケースレス弾薬のほかの弾丸もすべて、それにあわせて反応する必要がある。点火装置を調整するしか、核融合弾を反応させられないが、そんなことはどうでもいい。

正確な照準をあわせている余裕はなかった。ラスプーチンはすでにかまえている。わたしは腰から砲撃した。相互結合銃の漏斗《ろうと》形の銃口の前に、ガスの玉がひとつ燃えあがる。この昔ながらの武器の発射速度がとてつもなく速い証だ。

反動で腕がうしろにさがり、銃口が跳ねあがったときにそれは起きた。

二発めの収束弾道が幻影の胸の高さに命中し、ちいさな爆発の閃光が見えた。このとき、わたしの高エネルギーのサーモ・ビームよりも、いまの場合はテラの設計者による古い製品のほうが効果がのこるようだと気づいた。

弾丸のひとつがモシン・ナガン歩兵銃の先刻の弾倉に命中した。弾倉は砕けた。銃はトリガーの口金の先で割れて、ラスプーチンの手からはじき跳んだ。

わたしの三発めの弾丸が決定打となった。長身の姿が揺れはじめた。輪郭はぼやけ、透明になっていき、最後には光る霧となってかき消えた。ラスプーチンは二度めの死を迎えた。

わたしはあえぎながら、妙な姿勢から身を起こした。百メートルもないところに金属製の円錐が立っている。強い放射は消えていた。ただかすかな光のちらつきで、防御バリアがまだ存在しているのがわかる。

「プシオン的な高エネルギー周波数は、もはや測定されません」ピコシンがいう。

わたしのなかのなにかが、危険はなくなったと告げていた。パラトロン・バリアを切り、むだなビーム銃のかわりにトスタンの相互結合銃を小わきにかかえ、外に出た。

熱く乾いた風が顔に吹きつける。突然、通信で呼びかけられた。

「アルコン人は汗をかかない、そうなのか?」

わたしは立ちどまった。アドヴォクはこの機器のなかにいるのか、あるいは機器を使って通信を確立しているのか。いずれにしても擬似ラスプーチンをエネルギーで具現化するためにそれが必要だったのだ。

「ほとんどはな！」わたしはマイクロ通信機に返事をした。「満足か？　もしそうなら、姿をあらわせ！」

この要求をかれは無視して、教師のような口調で問い返してきた。

「原始的な武器を使用するとは、どんな警告をされたのだ？」

意地の悪い返答が舌の先まで出かかった。この生物は実際、どんな想像をしているのだろうか？　わたしは自制した。見知らぬ者をあわてて挑発しても意味はない。さらに状況の見通しが悪くなるだけだ。

「まあいい、アドヴォク。もうすこし遊んでやろう。だが、すこしだぞ！　ラスプーチンはわたしの細胞活性装置について話し、破壊するか、前にある者がしたかのように奪ってやろうといった。それでアルコン系バアロル教団の大祭司、アンティのセグノ・カアタを思い出した。かれは細胞活性装置を盗んだのだ。六十時間後、わたしは瀕死の状態で、プシオンで強化されたセグノ・カアタのエネルギー・バリアはわたしの銃では破れなかったが、ペリー・ローダンが歴史的な武器でかれをたおした。それはアンティのプシオン・バリアを容易に貫通したのだ。さっきわかったとおり、わたしの抗磁性のエネルギー的に中性の弾丸も同じ効果を発揮した。おまえの擬似生物はそうするようにプログラムされていたのだろう、ちがうか？」

「かつて、どんな武器が使われたのかね？　いつ、どこで？」

わたしは目的に接近しつつあるのを感じた。もう一度、返事をする前に、ピコシンのトランスレーターが作動していることにぼんやり気づいた。もちろん……アドヴォクはまた七強者の言語を使っている。かれはその一名なのだろうか？　あるいはその末裔《まつえい》か、半神の一種なのか？

かれは質問をくり返した。それは実際は三つの質問だった。わたしはかれの気のすむように答えてやった。

「わたしにはほんもののアトランが持っているもの……写真的な記憶力がある。そうしたものがなければだれもおまえにデータを教えられないだろう！　この武器をわれわれは弓と矢と呼んでいる。時は西暦二〇四四年十一月四日、場所はゲラ星系にある惑星ゲラルの三つの衛星のうち最大の衛星だ」

「直径、重力は？」

「くたばれ、恥知らずの強盗め！」わたしはわれを忘れた。相互結合銃から放たれた二発の相互結合弾がかれの機器の防御バリアに命中し、爆発したが、まるで効果はなかった。がまんも限界だ。

もはやすべて修復不可能だと考えたが、それは早計のようだった。

「強盗？」かれはくり返した。「あなたは実際、そうしたことを個人的に経験した者のように話をする。きょうのところは容赦してやることに決めた。あなたの代理が提案する世界で、わたしは見つかるだろう。長く悩んではいけないぞ」

ぎらつくような光で目がくらんだ。円筒形のからだは、存在しなかったかのように消えた。ピコシンはハイパーエネルギーの衝撃波を記録した。

「転送干渉前線です」マイクロコンピュータは簡潔に説明した。「テレキネシスの技術的に生成した効果で、自身の性能程度を空間的に移行させます。それに対して、われわれは能なしです！」

「そんなことはたずねなかったぞ、耳垢野郎……」

わたしは興奮とはてしない失望で心底から荒れくるったが、運よく、その言葉は最近では人類にはまったく通じない言葉だった。フェニキアの探検家たちがアフリカ西方のカーボベルデ諸島を前にしたとき、突然、カタパルト作用でアルコン人のエネルギー・バリアに滑り入って、どんなふうに悪態をついたか、だれがおぼえているというのか？

大きな声が入り乱れて響き、わたしはまたわれに返った。騒ぎは《カルミナ》の乗員のもので、通信がふたたび機能をとりもどしていたのだった。

「……トスタンよりもまだ年よりの少年のほうがいいかもしれない」アリ・ベン・マフルが主張するのが聞こえる。アアロン・シルヴァーマンは、トスタンの悪態のほうが〝もっと強烈〟だっただろうと賭けようとしていた。

偉大なアルコンよ、わたしはいったい、宇宙のどんな奇妙な世界にはいりこんでしまったのだろうか？　わたしは技術科学者に呼びかけた。

メインティのよろこびの声に、わたしの神経はまいってしまった。このビロードのようなかぎ爪を持つテラナーの女に、わたしをすこしずつ籠絡《ろうらく》できているなどと思われたくない！

わたしは静けさと規律をもとめた。探知はできたのか？　だめだったのか？　まあい い、では出しゃばりのピコシンは正しかったのだ。アドヴォクにくらべ、われわれは能なしだ。

約七百年も遅く帰還した場合、こうしたことが生じるのもやむをえない。

メインティ・ハークロルから、これほどきつい体験をしたあとには休息をとるのも当然だといわれたときには、わたしはまたこのテラナーの女にうんざりした。

そんな思いをいだきながら、わたしは搭載艇をスタートさせた。アドヴォクからわたされた座標も正しく保存されているといいのだが。

尊大な口をきくアドヴォクをかんたんに見逃すつもりはない。わたしのなかで好奇心が大きく芽生えていた。

5

表面的にとらえれば、七十二光年という距離はだれにとってもとるにたらないものに見えた。最新の反重力エンジンを搭載し、エネルギーをいつでもハイパー空間でおぎなえる船にとっては、座標にしめされた距離は些細《ささい》なものだった。

しかし、《カルミナ》のシントロニクス結合体が情報の提供を拒否し、かわりに使用可能な基本データをもとめたとき、アドヴォクは距離の短さよりも探索行動のことを考えていたのが明らかになった。

球状星団M‐30はほとんど未調査といっていい。アトランの遠征隊がすでに探査した宙域について提出した座標の数は乏しかった。

M‐30の直径は百二十光年と突きとめられているので、七十二光年ということは到達しやすい周辺の星系か、あるいはほぼ中心部にある星系か、そのどちらかだ。

まさにそれは起きた！　未知の者がかんたんな解決策を提示していたのなら……アト

ランにとって……それは驚くべきことだっただろう。アドヴォクが重要視しているのは、自称テラナーと自称アトランを徹底的にためすことのようだった。

アドヴォクがどうしてこのようにアトランや銀河系船団の存在にすさまじい不信感をいだいたのかは不明だ。いろいろ考えられるが、納得できる節はない。

ルイペッチでの事件から二十四時間、アトランは未知の者の奇妙なゲームにこのままつきあうべきか、それともあきらめるべきか、考えつづけていた。

結局、このゲームへの参加をだれかに強制されているわけではないのだ。

*

NGZ一一四三年八月十四日の夜が明けた。アトランはこれまでの考えを捨て、銀河系船団の使用可能な船をすべて投入した。いま、かれらはフェニックス＝1への帰還の途上にあった。

謎は解けたとかれらは思っていた。古代のテラについての知識がなければ、それは不可能だっただろう。座標だけではおよその基準にしかならない。

アトランに対する追加のコメントでは、こう指示されていたのだ。

〝目的地はテラの歴史的な建造物の見取り図に似ている。争いについて審議や決定がおこなわれた場所だ。あなたは揶揄《やゆ》する通信員として、除幕式に参加したはずだ〟

「標準時間で十三日が失われました。信じがたい！」ラコ・レジャーノがいった。

この発言はかれらしく、不満や焦燥をあらわしているわけではない。それはたんなる確認で、《カルミナ》の首席操縦士はそのことに動じているわけではなかった。

「だれがそんな言葉を知っているっていうんですか？」アアロン・シルヴァーマンは思案げにいった。「わたしはテラ生まれですが、もっともおろかな人間のひとりだとは思いません。しかし、大昔の戦争に関係した建物が、その五角形のためにペンタゴンという名だったとは知りませんでしたよ。こんな些細な情報は、われわれのヒュプノ学習プログラムにも組みこまれていません」

アトランは巨大なホログラムの前に立った。補助モニターの下部に浮かんでいて、平面図で五角形の角をつくる、五つの恒星がしめされていた。

どの星にも惑星系はない。軌道に引かれた宇宙ゴミさえも確認できない。

五つの恒星を見つけるというのは、この端からはじまる中心部の星の渦のなかで、そのこと自体が問題だった。うまくこなすことはできる。どの平面図がしめされているのか、アトランだけが知っているわけではなかったからだ。座標の目標地点で五角形をかたちづくる恒星を探さなければならないのだ。

「ですが、ペテン師にとってはひどくむずかしい謎だっただろうと、シントロニクスは主張しています！」

七百年前だったら、まだ地球や宇宙ハンザの前哨基地に問い合わせることもできただろう。だが、それらはもはや存在しない。テラはクロノパルス壁の向こうだ。

「われわれの謎のアドヴォクは人類にちがいないな」アリ・ベン・マフルは突然、主張した。テクノ制御コンソールの前にすわり、スイッチ・ユニットをぼんやりと見つめる。

「かならずしもテラナーとはかぎらないが、人類のはずだ」

メインティ・ハークロルはひやかすような目でかれを見つめた。

「本当?」辛辣《しんらつ》な調子でいう。「たんに地球のことをまたヒントにしたから? テラの歴史は何千もの学問的著作に記されていて、だれもが確認できるわ。ネーサンの記憶装置でさえ、いつでも引きだすことができる。歴史プログラムは暗号化もされていないし、保護もされていない。利口だったら、アドヴォクの攪乱《かくらん》に巻きこまれるべきではないわ」

アリは頭をあげ、目を細めて彼女を見つめた。

「きみはもちろん賢い人間のひとりなんだろうな? つまり、ロボットが謎かけをしているのか、あるいはまだテラニア百科事典にアクセスできる者の仕業なのか。なにかピチャピチャ音をたてるヒキガエルのような生物かもしれないな?」

「子供みたい」彼女はしかるようにいった!「ヒキガエルですって? 大切なのは、どうして七百年もたってから、アトランがふたたび姿をあらわしたことに反応しているのか、ということよ。アドヴォクはなぜ興味を持ったの？　わたしたちはみんな実際、ある時代のとっくに忘れ去られた構成要素のはず」

「その構成要素のひとりであるアアロン・シルヴァーマンが、自身の墓穴から現代ふうの探知結果を報告しよう」大声が響く。「ほかの構成要素には、わたしの声が聞こえてるかな？」

アトランは突然、首の向きを変えた。メインティ・ハークロルはそれ以上たずねるのをやめた。成型シートに彼女がすわるより早く、シントロニクスの報告があった。

「未知の飛翔体が高速接近中。時代遅れのエネルギー放射。推進エンジン、インパルスベース。ホログラムがきます」

アトランは《カルミナ》の司令室を走り、超空間記号論理学者よりも早く成型シートに腰をおろした。指示をくだすその口調にアリは身をすくませる。

「戦闘準備完了。持てるものすべてを投入せよ。危険は冒すな。アアロン、アリ……トスタンの遺産から、古い武器やめずらしい保存食品のほかにトランスフォーム爆弾を船内に持ちこんだな。そこから推測すると、それらはわたしの砲で使えるはず。それとも、そんなことはしていないとでも。どうだ？」

「その……われわれは考えて……」

「イエスかノーか？　口径は？　構造の系列は？　われわれのトランスフォーム砲は適

切な放射に充分か？」

　アリは、自分とアアロンがひそかにおこなったことがアトランにとっくに見抜かれていることを悟って、開きなおっていった。

「ラトバー・トスタンの指示にしたがって、あなたのために用意しました。ツナミ・スペシャルETAG＝四＝ROP。四千ギガトンの化学兵器剤爆薬。はい、われわれの兵器はこれを使用できます。ここから引き継ぎます。両トランスフォーム砲塔を出し、作用装置を非物質化反応ゾーンにスライド。ロック状態よし、吸収バリア構築、静止。シントロニクスで目標捕捉確認。全プログラム権限許可。発射準備完了」

　アアロン・シルヴァーマンの報告がすぐにつづき、外には防御バリアが張られた。

「防御兵器はウルトラレベル。構造開口部切り替え順調。通信良好、砲撃行程よし。シントロニクス目標結合のコンビパルス砲セット、発射準備も完了」

　メインティ・ハークロルは目を見開き、二名のテラナーに目を向けた。

　アリはかたちだけの笑みを浮かべた。

「きみのサナダムシがテラでの休暇を望んで泣いているんだろう？　わたしは、そうだな……アトランに質問があります。謎のやつはまだトスタンの特殊爆弾を知らないのでしょうか？　《ツナミ＝コルドバ》のスタート時には真新しく、秘密にされていて、ティフラーでさえ知らないほどでした」

「きみはまさしく現実主義者になったな、友よ！」アルコン人は返事をした。その顔に浮かぶうっすらとした笑いに、メインティはさらに愕然とした。

「ほら、ホログラムの登場だ。わたしは……アルコンでは、いや、まさか！　これは……！」

アトランは話を打ち切り、自身のベルトの拘束ロックをたたいて立ちあがった。息もつかずに前のほうにあらわれた物体を見つめた。それは強力なエンジンリングをそなえた球型艦だった。轟音を立てる粒子流がからだの周囲を吹き抜ける。ホログラムでは白と赤で表現されていた。

未知の船は逆推力を全開にして減速した。響きわたる音とともにハイパー空間から出てきたのだ。

「超光速航行の遷移エンジンです」シントロニクスは伝えた。「典型的なハイパー衝撃波。減速速度四百キロメートル毎秒毎秒。距離二光秒で停止。針路調整スタート。反応がきわめてゆっくりしています。シントロニクスではありません」

さらにデータが《カルミナ》の乗員に降り注ぐ。シントロニクス結合体は古いデータをまさしく楽しんでいるようだった。

アトランは蒼白になっていた。ふだんは目立たない左頰についた剣の傷跡がくっきりと浮かびあがっている。テラの蛮人がのこした記念だ。

アトランはシートに駆けもどり、腰をおろすと、また声を響かせた。

「全員に知らせておく。接近中の艦はアルコンのフズフ級巡洋戦艦で、直径五百メートル。軽量化されたアルコニット装甲、攻撃兵装はもっとも強力なコンヴァーター砲を十二門そなえている。メタン戦争で実証ずみだ。《アソル》と《パイト》がこのタイプだ。両艦とも帝国第一三二戦闘艦隊〝水晶の王子〟のものだ。わたしが艦隊司令長官だった。標準年でおよそ一万二千五百年前のことだ。だから、前方で轟音とともにやってくる物体は、ほんもののはずがない。そこに向かうべきだ」

ハーム・フォールバックは操作をはじめた。副操縦士はなにかに気づいていた。

「巡洋戦艦のエコーと放射はきわめて明瞭です」あわてて報告する。「ですが、ちいさなことですが、ひとつお話があります」

アトランは振り返り、探るように赤毛の男を見つめた。「きっと、《リブラ》の乗員がアドヴォクと最初にコンタクトした際に見落としたもののことだろう。影の反射、注目している主要な的から遠くはなれたもの、そうだろう？」

「まさに！」フォールバックは冷静に答えた。「かすかな最小限のエコーで、実際、意味のないものです。高性能の対探知、いわゆるヴァーチャル・ビルダーの話は出ませんでしたか？　ほんものの固有放射を集め、遠くはなれた場所でほんものに忠実に投影するのです」

アリは口笛を鳴らした。メインティの指がキイボードの上をすばやく動き、アリよりも早く結果を得た。

「微弱なエコーで、ほとんど探知できません」彼女の声が響く。「論理分析で、ハームの推測が確認できました。距離三十光秒。接近してきています。金属製の基盤ですばらしく偽装された固体かもしれません。特殊データを入力しています。すこしお待ちください」

アトランは魅入られたように補助モニターにうつるちいさな反射を見つめていた。ホログラムの生成のためには、広範囲放射のハイパー探知のエコーではあまりに貧弱だ。

「アアロン、両トランスフォーム砲の照準をちいさな反射に調整し、限定対応しろ。やれ！　巡洋戦艦らしき船に放火を浴びせるつもりはない。今回アドヴォクは、手痛いテストに耐えることになる！　メインティ、やつの船は二発の四千ギガトンのETAG＝四＝ROPに耐えられると思うか、あるいは高度に発展した防御技術はあるが、この世の生を終えることになると思うか？」

「それが完全な破壊という意味でしたら、いずれにしても一発だけ発射するのをお勧めします」すこし間をとって計算をしてから彼女は説明した。「その場合でも、とても危機的な状況になるでしょう。ですが、かれに釈明をもとめたいのでしたら、二発同時に投入するべきです」

この話しぶりにアリは啞然として彼女を見やると、アトランに向きなおった。

「副走査器にあるものを仕掛けてあります。いま、明白な通知がきました。目標捕捉は、固有放射と《カルミナ》直接探知のレベルで常時たもたれています。アドヴォクになにを提供しましょうか？　スーパー・ツナミの一発、あるいは二発でも？」

「いまはまだその必要はなさそうだぞ」アアロンがその質問に答えた。声は大きかったが、興奮はしていない。「巡洋戦艦から、アルコン語、未知の認識コードで呼びかけられています。シントロンが基本的な用語で可能なかぎり翻訳しています」

シントロニクス結合体は受信した通信を切り替え、スクリーンにうつしだした。

大きな、奇妙な計器をそなえた司令センターが見える。下層階では五十名以上の乗員が膨大な数のスイッチやキイボードを操作している。

船も設備も古い……きわめて旧式だ！　人の手にたよる部分が大きい。時代遅れのスピーカーから大きな声が轟《とどろ》いた。男は司令官に、自分はケトラル少尉、ロボット・コマンド部隊の指揮官だと名乗り、搭乗許可をもとめてきた。

細身のアルコン人は、その必要はないと返事をした。かれは若く、決断をくだそうとはやっているようだ。かわりにかれは兵器管制センター長からの口頭による明確な報告を受けていた。

アトランの息が荒くなったのが、《カルミナ》全体に伝わる。

アドヴォクの無骨な行動にかれの心は深く揺さぶられていた。当然のことながら、一言一句《いちごんいっく》が理解でき、銀河系船団の乗員たちよりも、命令やメッセージがはっきりとわかる……かつて死んだ大勢の者たちに一度ならずほほえみを向けていた。

それはラルサフ星系の状況が万全か確認するため、かれとともに出立《しゅったつ》した者たちだった。第三世界の蛮人たちは、そこがいずれ太陽系と呼ばれ、自分たちの惑星がテラと呼ばれるようになるとは、当時、考えもしなかった。

そしていま、旧アルコン人の代表が突然もどってきた。明らかに退化しているところはまだなく、行動力にあふれ、不屈の決断力がある。

かれらは大きく無骨な成型シートにすわっていた。全員、戦時中の規則に忠実な、折り返し可能なヘルメットのついた耐圧服を着用している。みな、ほとんど言葉を発しない。司令官の指示が啓示かのようだ。

アトランは話しかけられるまで待つということをしなかった。状況をともに聞き、指示をくだすアドヴォクにこの勝利をあたえたくない。

そのため若いアルコン人将校に帝国の言葉で呼びかけた。《カルミナ》には、翻訳された言葉が同時に伝えられる。

「帝国の水晶の王子、アトランから、巡洋戦艦《パイト》艦長、インカル大佐に告ぐ。貴君ならびに貴艦を認識した。この宙域でなにをしている？　わたしの指示は、アトランティスの首都、アトロポリスの守護だったはず」

インカルと呼ばれた者はまったく驚く素振りを見せず、明瞭に返事をした。

「帝国の巡洋戦艦《パイト》の艦長、インカルより宇宙ヨット《カルミナ》の艇長へ。ペテン師はとくによく戒めを学ぶもの。航行を中止せよ、うぬぼれ屋め。調査チームを待ち、即刻、武器ドームを格納すること。そんなもの、なんの役にもたたんぞ」

「きみは勘ちがいをしている。わたしにどんな罪があるというのだ？」

「マークスの基地ライクリに密輸品をとどけた罪だ。さあ、わたしの指示にしたがえ」

アトランの手がすべるようにあがり、アリは魅入られたようにそれを見つめていた。その指がシントロニクス認証の接触プレートに置かれる。

「かつてきみのことは高く評価していた、インカル」アトランは話をつづけたが、その声は疲れて絶望しているようだった。「どうして、わたしにこんなことを？　いや、友よ、つまり、実際はきみのことではなく、きみの死んだ口を使って話しかけてくる感情のない男のことをいっているのだ。アドヴォク、地獄に落ちろ。もう、たくさんだ！」

アトランの手がさがった。アリ・ベン・マフルが発砲を許可し、その瞬間、トランスフォーム砲が発射する轟音が《カルミナ》に響いた。

ビームはほとんど時間を失うことなく再物質化した。すぐに爆発が生じた。

ツナミ艦のトランスフォーム砲撃に組みこまれた五次元要素は、フィクティヴ転送機の原理にのっとって作用を発揮した。《カルミナ》の超高速探知システムによって、こちらも時間をむだにせずに受信された。

発射から爆発までの実際の経過時間は、標的との距離が短いためミリ秒のきわめて短い範囲だった。

《カルミナ》の特殊バリアに相当量がぶつかってひろがり、目に見えるようになったハイパーエネルギーが、アトランが予期した効果をあらわした。

古い《パイト》のかたちに似せた物体が影を帯び、突然消えた。

探知機が即座に反応し、遠くはなれた金属体を照射し、そこだけに集中するようになった。

欺瞞に関与したデバイス、つまり完璧なヴァーチャル・ビルダーはまちがいなく故障したのだ。

しかし、この探知もほんの一瞬のことだった。巨大な爆発ですべてがのみこまれた。

船内時間で二十八秒後、ようやく通常探知で検出可能な光波が到達した。《カルミナ》の船首スクリーンに真っ白な火の玉が燃えあがった。猛烈な速さで膨張し、周縁部を赤く燃えあがらせ、ふくらみつづけた。太陽の紅炎に似た白青色のエネルギーの舌が人工恒星から飛びだし、宇宙空間に消えていった。

メインティは思わず耳をふさいだが、音が聞こえるわけではなかった。すべてが不気味なほど音もなく進んだ。人類の手でつくられた恒星だけが、二十八光秒先で地獄が生じたことを知らせていた。

「謎好きなアドヴォクはあのほぼ中央にいる！」アリの声が突然の静寂を破った。「正確には中央ではないですが。かれの船に完全に標準をあわせることはしなかったんです。それでも……もしこれに耐えられるなら、まちがいなく卓越した技術を有していますね。アトラン、わたしは本当にETAG＝四＝ROPを一発しか撃ってませんよ！」

かれはあわてて断言した。アルコン人の問いかけるような視線に対するアリの解釈は正しかった。

アトランはさらに苦しそうに息をしていた。幻惑されるようなゲームで精神的にダメージを受けていた。ようやくかれはうなずき、視線を湾曲したスクリーンの壁に向けた。

「わたしにはそれしか考えられなかった。攻撃の前に、わたしはアドヴォクに、かれが期待する身分の証をしめした。船と司令官の名を伝えたのだ。アドヴォクが不運に見舞われていれば、かれは二度と他者にいやがらせをしないだろうし、あるいは炎の攻撃で防御バリアの性能をためそうともしなくなるだろう。もしかれの技術がまさに誇示していたものであれば、もっと礼儀正しくして、おろかなテストの習慣を中止するべきだろう。すくなくとも短くするべきだ！　かれがどうしたいか待ってみよう」

メインティはベルトをゆるめた。小声で自動供給装置を呼ぶ。彼女が問いかけるように目を向けると、さまざまな返答があった。

「わたしにはコーヒーだ！」アトランは大きな声でたのんだ。「ほんもののテラのコーヒーだ。ほんもののテラの粉ミルクとほんもののコーヒー用の砂糖もたのむ。そんなお宝がどうやって《カルミナ》のかくされたケーブルシャフトに到達できるのか謎だが。

メインティ、大きなサイズのカップでたのむよ」

アリ・ベン・マフルとアアロン・シルヴァーマンは、美味しそうにコーヒーをするアルコン人をどんよりした目つきで眺めた。

アリはとうとう大きな音を立てて唾をのみこんだ。

「喉が痛むのか？」アトランは心配してたずねた。「医師を乗船させるべきだったな。休みたい者はシートをうしろにたおすといい。自身のはげしく揺れる宝をおちつかせるのに、アドヴォクは一時間は必要だろう」

＊

船載シントロニクスは、十分前から迫りくるエネルギー嵐を警告していた。

球状星団M‐30の星の密集部では、きつい放射のシャワーが日常茶飯事《さはんじ》だった。きわめて集中した電磁気前線は容易に吸収される。ハイパーエネルギーの乱流は、しだいに超高周波の干渉帯のハリケーンに成長し、憂慮すべきものになっていた。

かつてのネットウォーカー船の船首スクリーンでは、中心部での星々が耐えがたいほどの明るさで燃えていた。ペンタゴンの星々の中心には、微細な物質からなる深紅に光るガス星雲が形成されていた。

わずか数光時間の距離で青い巨星が燃えていた。安定しないハイパー前線が入り混じるエネルギーシャワーは、まもなく《カルミナ》の待機ポジションに到達するだろう。M-30の中心の宙域は騒がしくなっていた。

メインティ・ハークロルは四十五分間計算をつづけていた。トランスフォーム砲で生じた爆発雲は消えていた。影のような探知反射が確認された場所では、高エネルギーの渦嵐が発生し、さらに物体を追跡するのは不可能だった。

ハイパー通信では砕けるような轟音以外、もはやなにも聞こえない。技術は限界に達していた。

メインティは船首の大型スクリーンにシントロニクスの論理計算結果を表示した。アトランは否が応でもその文字を見なくてはならなかった。

「どうも、結果はわかっていたさ！」かれは悪態をつき、不機嫌そうな目つきを小柄なテラナーに向けた。「不慮のまちがいをつねに意識させられるのはうれしくない」

「不慮？」彼女は顔をしかめてくり返した。「アドヴォクの宇宙船がまだ存在しているとは思えません。あまりに砲撃がはげしすぎました」

アトランはクロノメーターを見やった。爆発から五十一分が経過している。

「ぎりぎりまで待ってから、ルイペッチのポジションに退却しよう。アドヴォクと呼ばれる知的生命体も、ハイパー嵐が迫っているのを察知しているはずだ。コンタクトしようとしてもむだだろう。レジャーノとフォールバック、退却準備。データ入力」

メインティは考えこんでいたが、とうとううなずいた。アトランの決断は論理的に見える。ルイペッチは両者が知る集結地点だ。場合によっては未知の者はすでにそこにいて、アトランが同じように考えるのが当然だと思っているかもしれない。

一時間後、《カルミナ》は加速した。メタグラヴ・ヴォーテックスの吸引力でハイパー空間にはいり、危険が高まる中心部をはなれた。意図的に速度を落として休養のため二十時間、航行したあと、小型船は目的地に到着した。

日付はNGZ一一四三年八月十五日。信号発信機のたてる音がハイパー探知機のはげしい音と混ざった。擬似ブラックホールが消えるとすぐに、未知の物体を検知したのだ。

アトランはだれにも理解できない言葉を発した。悪態だというのは声の調子でわかる。

「砲撃がはげしすぎた？」かれはブロンドの女テラナーにどなりつけるようにいった。

「二十光秒弱のところにいるのはなんだ？」

「中央にとても大きく長い穴のある未知の船です」彼女は晴れやかに返事をした。それは心をとろけさせる笑みだった。

「とても大きく長い穴！」アリは憤慨し、くり返した。「スクリューを吊りさげられて左右に動くようにでもしているのか、え？」

かれの指先が指示キイボードをすばやく動く。せまい司令室の下で機器とエンジンの土台が音を立てはじめた。防御バリアが張られ、武器ドームが鋼から滑りでる。

「船の防御と砲撃の準備完了」アリはまだ立腹したまま報告した。「巨大な箱はまるでドックから出てきたばかりみたいじゃないですか。砲撃されたっていうのに！　もっとちゃんと照準をあわせるべきでした」

「そんなことをしていたら、本当にもう存在しなかっただろう」アトランは強調した。

「いまは冷静になろう。勘ちがいは起きてしまうものだ。アアロン、ハイパーカムはどうだ？」

「轟音がつづいています」淡々とした返事がある。「まだハイパー前線のエネルギーシャワーから抜け出せていません。ようやく探知は明瞭になってきました。よし、ハイパーカムも良好になっています。アンテナのバリア構造ハッチのスイッチは作動中です。今回はこちらからコンタクトしてみませんか？　既知の周波数、七強者の言語で？」

アトランはうなずいただけだった。浮遊カムがその唇の前にすべっていく。一体化している記録装置が膝の高さまでかれのからだをおおう。

「アトランからアドヴォクへ……まだ生きていれば、あるいはすくなくとも負傷していなければ、だが。きみの能力があれば、中央部のエネルギー嵐を堪え、コンタクトを確立できると過大評価していた。そうでなければ、もっと早くもどっていただろう。応答しろ！　そろそろがまんも限界だ」

この駆け引きに驚きながら、メインティ・ハークロルはアルコン人を見つめた。アリ・ベン・マフルはにやりとし、アアロン・シルヴァーマンは賞讃するようにうなずいた。もしそれが無礼を巧みによそおっているのでなければだが！

応答として、未知の宇宙船の映像が原寸大で表示された。球体のセルは直径三百二十メートル。無傷であることを見せたかったのだろう。

アトランは即座に、未知の者を相手にはじめた心理ゲームをつづけた。自分が正しい道を進んでいると予感している。

「警告と自省してもらうため、武器の白熱の嵐を浴びてもらった。嵐の末端部で、というところは忘れないように！　でなければ、きみはもはや存在せず、船のみかけだおしの無傷ぶりを披露することもできなかっただろう。内側の状態はよくわかっている！　アルコン艦隊の司令長官だったときの陰鬱な経験から、粉々になり、引きちぎれた機器の状態が見える。ゲームは終わりだ、アドヴォク。退屈になってきただろう！　きみに対する興味も薄れてきた。充分な証拠があるにもかかわらず、まだほんもののアトランが相手だと納得できない者は、わたしの目からすると間抜けだ。さて？」

大きな球型船の全体の投影像は変わらなかった。アドヴォクはもはや輝くオーラのある自身の姿を見せようとはしていないようだった。その姿をつくりあげることが不可能になったのかもしれない。

その返事はふたたび七強者の言語で受信され、同時にシントロニクスのトランスレーターによって翻訳された。

「退屈していることで非難してもらいたくない。あなたには最後のテストを用意した。失敗すれば、待つのは死。成功すれば、あなたと仲間の運命は知識の道へと導かれる」

「だからこそ、きみの最初の挑発に応じたのだ」アトランは冷静にいった。「でなければ、どうしてわたしがわざわざ、防御バリアの奥にかくれる尊大な生物に関わるというのだ？　わたしの時間は貴重になっているのだ」

「それならその時間を使えばいい。だが、あなたの時代遅れの武器をふたたび使えるとは思わないことだ。わたしはより慎重になる。覚悟はいいか、あるいは断りたいか？」

アトランはためらった。熟考しつつ、船首の壁を眺める。

「応じよう！」とうとうそういった。「条件をもう一度話してもらえないか？」

「集結場所の座標を教えておく。容易に到達できるところだ。あなたの宇宙ヨットの破壊は延期する。あなたが中央ゾーンをはなれ、ふたたびルイペッチに飛ぼうと思いついたという事実は、あなたにとって有利な証拠になっているように見える。だが、あの場所で待つのが長すぎた。これはまた、アトランだとあえて名乗る者にとって有利な証拠にはならない」

アルコン人は思わずうなずいた。アドヴォクは正しかった！　自分たちは死の迫る危険な場所で辛抱強く待ちすぎた。

未知の船の全体像が消え、シントロニクスは多くのデータを受信したと報告した。

数秒後、異人は速度をあげ、息をのむようなスピードで加速して、特徴的なショック前線の痕を発生させることもなくハイパー空間に姿を消した。

アトランは立ちあがった。考えこみながらシートの背もたれに腕を置き、技術科学者二名を見やった。

「さあ、りっぱな模範例たちよ……どう思う？」

アアロン・シルヴァーマンは成型シートを回転させ、アルコン人の目をじっと見た。

「いちかばちか、ですね。依然として、あなたがまだあの男に引かれているのは論理的です。ひょっとすると本当にわれわれを助けてくれるかもしれません。ただし、時代遅れの兵器とはなんのことだったのでしょうか。トランスフォーム砲か、それともトスタンの遺産でしょうか？」

アトランはうなずいた。返事をしようとしたとき、メインティィ・ハークロルが割ってはいった。その発言は確固としていた。

「アドヴォクは何者なのでしょうか？　ひとつ解決案を提案します！　すべての比較データ、発言、テストの内容などから見て、ほとんどまちがいなく細胞活性装置保持者でしょう！　この論を裏づけることはできますが、何時間もかかります」

アトランは思案しながら彼女を見つめたが、その唇には意地の悪い笑みが浮かんだ。

「それはきみだけの考えで、ほかに思いついた者はいないって？　思いちがいだ、テラナー！　それはわたしも最初に考えた。だが、どの不死存在だろうか？」

「自身の署名を慎重にコンピュータでチェックさせる者。自身の家をこまごまと整理して、他者の神経を逆なでする男。そうしたタイプにかぎって、あなたが解決した問題に満足できないのです。アドヴォクは、ホーマー・G・アダムスです！」

アトランは自動供給機を呼び、テラ・コーヒーをたのんだ。

「知識の観点からは考えられる」とうとうかれは認めた。「ホーマー・ガーシュイン・アダムスもまったく、きみが描写したような疑い深いタイプだ。ただし、天才的なわれらが財務相はけっして船を動かせないという事実を見逃している。《リブラ》の防御バリアの性能をイリアム・タムスンがいうような方法でテストしようとするなど、考えもしないだろう。ホーマー・G・アダムスは、もしまだ生きていたとしても、絶対にアドヴォクではない」

「ロナルド・テケナーは？」ラコ・レジャーノが口をはさんだ。「かれはこの手のゲームを開催できるのではないでしょうか？」

「当然だとも！」と、アトランはおもしろくもなさそうに笑った。「かれは最高の男だ。親愛なる友、だがテケナーなら、すでに最初のテストと意味深長な質問だけで満足するはず。さあ、あて推量はやめよう。座標はわかるか？」

かれはアリ・ベン・マフルを見やった。アリは認めるように手をあげた。

「シントロンは座標の受信を完了し、針路の計算はすでにはじまっています」

6

アトラン

アドヴォクであろうとなかろうと、かれにそそのかされて中途半端な行動をするつもりは、もはやない。

付帯脳は、かれという人物の重要性をますます疑わしいものだと考えていた。実際、かれがこれまでしてきたことといえば、わたしを困惑させることだけだ。

この状況をいいことに、かれはわたしから多くのデータを受けとっていた。通常の知的生命体であれば、それで満足しているだろう。

かれはいったい、さらになにを望んでいるのだろうか？　わたしはラスプーチンを特定し、ペンタゴン・システムを発見し、《パイト》とその艦長を確認した。

ほんもののアトラン以外、それを知る者などいるだろうか？　ペリーでさえ、古代のテラの奇蹟の祈禱僧との経験は表面的にしか知らない。

そのため、わたしの論理セクターがはったりだというのも不思議ではなかった。しかし一方、わたしの本能はそれに抵抗した。

アドヴォクが何者であろうと、何者になろうとしているのだろうと、なぜかれはわたしという者にいろいろ手をかけようとするのか。よく考えると、テストの準備には相当な労力が必要だったはずだ。さらに長距離移動、テスト結果の分析、そのほかにもいろいろなことがあるだろう。

ちがう……すべて偶然から起きたとは考えられない。だが、もしこのような真実の発見に興味がある者がいたら、その人物にはとても深い理由があるにちがいない。

このようなことを考えているうちに、わたしは警告を聞き逃した。さらに危険なのは、このことに関してわたしの興味が薄れたように思えることだった。

アドヴォクの最初の登場は、スリルがあるといっていいものだった。いまはすでに、かれのことを考えるのはふつうのことになった。しかし、それは危険だ！　かれは日常のパターンにあてはめられるような者ではない。

そのためわたしはたっぷり時間をかけ、集合場所でかれに会えなくなりそうな危険まで冒した。

ひょっとするとわたしは、かれが本当にどれだけわたしに興味をいだいているのか、みずからためしてみたいという誘惑も感じていたのだろう。もしかれが自身か、あるいはほかのなにかのためにわたしを必要としているなら、かれは辛抱するだろう。だから、もう一度かれの誘いに応えようと決意した。しかし、次はない！　こんど会ったときに、かれが正体を明かそうとしなければ、この奇妙な関係は終わりだ。

〈まだそのチャンスがあるなら、だがな！〉付帯脳が伝えてきた。

わたしはそのインパルスを無視し、船載シントロニクスからの明白なメッセージを確認した。

船は全体の検査を終え、ルイペッチで淡水を補給していた。このとき船載ロボットが、アリ・ベン・マフルとアアロン・シルヴァーマンがかくしていた、ラトバー・トスタンののこした豪華な品を手ぎわよくかたづけ、だれもが手にとれるようにしていた。両テラナーが目に見えて落胆したのをわたしは無視した。メインティ・ハークロルはいくつか鋭い指摘をしていたが、技術宙航士のラコ・レジャーノとハーム・フォールバックの両名はトスタンの貴重な缶詰にとびつくだけで満足していた。

タルカン宇宙への遠征に出発する前に、銀河ギャンブラーがこうしたきわめてめずらしい品をどこで見つけてきたのか、皆目わからない。トスタンの組織能力は比類のないものだった。

シントロニクスが音をたてて、わたしはわれに返った。アインシュタイン空間への復帰は目前だ。

復帰は最新のメタグラヴ・エンジンらしくしずかに、自然のこととして進んだ。古代アルコンの転移システムの轟音を思い出すと、当時はどうしてがまんできたのかとくり返し自問してしまう。

ともかく……われわれは光の壁を突破し、距離を克服した。

ホログラムと船首スクリーンが同時に光った。かつてトスタンがその外観から飛行するピストルと呼んだ《カルミナ》の奇妙なかたちをした鼻づらの前に、アドヴォクから座標でしめされたちいさな淡紅色の恒星が輝いていた。ルイペッチから四十一光年の距離だ。

機器はNGZ一一四三年八月十八日を指している。艦内時刻はあとすこしで十四時というところだった。ルイペッチ上空での滞在に三日間を要していた。

われわれは休息し、満腹だった。このふたつが満たされていなくては、意味をまだ見通せない出来ごとに立ち向かえない。

《カルミナ》の状態は良好で、グラヴィトラフ貯蔵庫は満タンだ。

この未知の恒星はアドヴォクの星と名づけられた。球状星団M－30の周縁部に位置し、惑星はなく小惑星帯しかない。ただしそのサイズはとてつもなく巨大で、アリ・ベン・マフルは甲高く口笛のような音をたてた。

「すくなくともふたつの惑星の残骸！」かれは力強く主張した。「あるいはひとつの巨大な惑星か」

「どうして五つか七つの惑星ではないんだ？」アアロン・シルヴァーマンがひやかす。「だいたい、どうして残骸だと？　恒星が宇宙の塊りを徐々にとらえているところではないと、だれがいったんだ？」

「このちいさなやつが？」海賊のような顔をした若者は興奮した。「それはけっしてない！　そばに大きな塊りが輝いている。あっちは、ちいさな星からまぎれこんできたあらゆる種類のものをさらっているんだろう」

「口からでまかせですね」メインティが口をはさみ、額にかかった髪を息ではらい、真っ青な目でアリを見据えた。

「座標は正しいわ」彼女はつづけた。「アドヴォクによれば、衛星が二十三個あった巨大惑星の残骸だということです」

わたしはシントロニクスの分析した数値を確認した。そこから、かつての巨大惑星は未知の力によって破壊されたようだと判断できた。おそらくタルカン銀河の最後のクオーターがわれわれの宇宙に侵入した直後、種族間で勃発した数々の紛争や戦争が招いたものだろう。

かつての衛星もこの破壊の影響を受けたかどうかはまだ不明だ。シントロニクスはすでにその問題にとり組んでいたが、結局それは重要ではなかった。

われわれの目的、つまり基地世界としての利用という点については、どの天体も適していなかったのだ。

何万個もの多様な大きさの残骸があり、約六百年のあいだに、それらは恒星をめぐる多かれ少なかれ秩序ある軌道に集まっていた。

その天体のひとつが、われわれの目的地だ。それを発見するには、またしてもアドヴォクの典型的な謎を解かなくてはならなかった。シントロニクスにとって答えを導き出すのは些末《さまつ》なことだ。しかし、そうした解答をかれは見たがっているようだった。

〝直径が太陽系第四惑星の直径とほぼ等しい天体を見つけること！〟アドヴォクは座標を送信しながら、そう指示していた。

火星については熟知しているし、シントロニクスはさらによく知っている。直径のわずかな誤差は気にすることはない。

シントロニクス結合体はわずか四分で、無数にある天体のなかから一致するものを発見した。《カルミナ》はその星系を俯瞰《ふかん》できる位置にいたのだ。

最新機器の性能は信じがたいものだった。わたしの時代には、このような測定には何週間もかかったものだ。さらに十分後、小惑星帯にあるさまざまな残骸について完全な報告がはいった。

巨大惑星が破壊されたとき、かつての衛星のうち三つはそのままのこった。当時、どんな偶然の位置関係からそんな結果がもたらされたのか、もはや突きとめることはできない。確実なのは〝逃げられた〟衛星のなかでもっとも大きいものが謎に満ちた課題にあてはまるということだ。

それは火星よりいくらか大きく、酸素の薄い大気がある。だが、圧縮機がないと人類にとっては不充分な空気だった。

淡紅色の恒星をめぐる軌道は安定しているようだ。

「乾燥して干からびていて色彩がなく、かつてのトスタンの皮膚みたいだ」アリ・ベン・マフルは不機嫌そうに説明した。「この衛星はまた、砕け散った惑星から五つの残骸をとらえ、あらたに芽生えた不遜さから、それを衛星にした。ふん……衛星が衛星を手に入れるとは！　まさにアドヴォクにぴったりだ。不遜というところが」

「まるでだれかさんみたいね」メインティは嫌味をいった。「ほかにはなにか気づかない？　なにも？　アドヴォクの穴のあいた宇宙船はどこ？」

この質問は文字どおり宙に浮いていて、答えがないようだった。わたしはその問題をしばらく前から考えていた。

だれも返事をしなかった。探知機は指示どおり、残骸とその周辺を探索する。

ここからはじまる漆黒の空虚空間には金属の物体は確認できなかった。はるか遠くには銀河系の星々が輝いている。

「宇宙空間内はネガティヴ！」シントロンが伝えた。「アドヴォクの月に非自然的に形成された物質の断片が存在します。分析しますか？」

この情報は衝撃的だった。思わず、あの謎の男は下で、こちらを驚かせるためにひどいものを用意しているのではないかという疑いが浮かんだ。

「自身の球型船で着陸したのかしら？」メインティは理論的に考えた。「衛星にはかつて建物だったものの残骸がひろがっているようです。そのあいだで、センサーがさまざまな組成の金属物質を次々と検出していて、微弱なエネルギー放射も探知されています」

アアロン・シルヴァーマンがなにかもとめるような目つきをこちらに向けた。明らかにその物体を近くから見たいという意見のようだ。

「アドヴォク自身があそこで不愉快な驚きを味わったのなら、このパズルゲームは時間のむだですね」考えこみながらかれはいった。「つまり、その可能性もあるいうことです！　確認してみませんか？」

わたしはすでにそうしようと決意していた。だが、その前にもう一度、星系内の空間を確認したほうがいいと思えた。

《カルミナ》の走査器がふたたび小惑星の環と問題になりそうな宙域を調べたが、アドヴォクの船はまったく確認できなかった。

ハーム・フォールバックの赤い髪が、成型シートの縁の上に見えた。このところ、われらが副操縦士のふるまいは驚くほどひかえめだ。

「気にいりませんね！」かれはあらためて背筋を伸ばしていった。「このアドヴォクに対して、いったいなにができるでしょう？」

わたしは思わずうなずいた。同じ疑問をわたしは何日も前からいだいている。

「つまり、引き返してわが家に向かって飛んだほうがいいということか？」

「まさにおっしゃるとおりです」

「で、そのわが家はどこだ？　フェニックス＝1と呼ばれる、数学的にのみ決定できるM-30の境界の向こうの地点か？　そういうことかな、ハーム？」

かれはあきらめたように両手をひろげた。

続々とデータがシントロンから送られてきた。まだアドヴォクについては音もとらえられなければ、その姿も見えない。付帯脳は、ほとんど強制的なインパルスで警告してきた。

シントロニクスが独自にアドヴォクの月と名づけたその大きな天体は、すべてが順調というわけではなさそうだった。しかし、どこの調子が悪いのだろう？　時間転移のあと、いたるところがカオス状態となっており、そこでなお順調とはなにを指すのだろうか？

もしそこを確認しにいったら……なにを危険にさらすことになるのだろうか？　実際、なにも危険にさらすことはない！　おそらくかつての集落の廃墟が見つかるだけだろう。未知の者たちが何世紀も前にそこで暮らし、労働の成果を戦いによって最終的に失ったのかもしれない。

「フォールバック、アドヴォクの月に針路をとれ」とうとうわたしは決断した。「状況を確認する。二日たってもアドヴォクから連絡がなければ、謎に関する試みは中止しよう。かれはわれわれがどういう最終結果を出し、われわれがどこにいるか知っている。フェニックス＝1はかれにとって未知の場所ではない」

「なぜかれは連絡してこないのでしょうか？……宇宙空間か、あるいはアドヴォクの月にいるにしても」メインティ・ハークロルは考えこんだ。「思うのですが、わたしたちの到着が遅れたことでかれが不機嫌になって謎を解き明かすのをあきらめるとは、ほとんど考えられないのです。実際このために、たいへんな労力がはらわれていますから」

「スタートだ！」わたしは思っていた以上に無愛想に指示をした。「アアロン、アリ、今回はともにきてくれ。軌道到着後に出動について討議する。宇宙の無数の漂流物に衝突しないよう、注意するのだ。シントロン……防御準備。星系内にジャンプする。衛星の真上で再実体化。いいか？」

「もちろんです！」シントロニクス結合体は応答した。

明らかに不可能なことでいさかいをしたり、さらに賭けまでしたりするには、アリ・ベン・マフルやアアロン・シルヴァーマンのように若くてのんきでいなければいけないのだろう。

海賊のような顔をした若者は、アドヴォクの月の薄い空気のなかで半時間、酸素濃縮器がなくても呼吸できると主張した。もちろん、体力で勝負するのだ!

アアロン・シルヴァーマンは体力を発揮して、さらに十分間耐えられると主張した。

＊

このような状況のもと、ラベルは高速で、破滅した衛星の大気圏に突入した。目的地は干あがった内海の岸辺にある物質の集積地だ。かつての水は、新しい軌道とおそらく高くなった気温に耐えられなかったのだ。

アアロンが搭載艇を操縦している。その腕前はハンガイ銀河での出動ですでにわかっていた。

かれとアリはまだなお、テラの地上八千メートルに相当する酸素含有量の大気圏で、装置を使わずに呼吸できるだろうかと議論していた。

船首の衝撃防御バリアによって押しのけられる空気がますますはげしく音をたてるが、両名はまったく気にしていない。高熱のガスの塊りから生じる炎をかれらは、ことさら冷静に無視した。

わたしは、両テラナーを同時に見られるように副操縦士席でからだをまわした。アリは首席操縦士席のアアロンのうしろに腰かけている。

「きみたちが技術的な装置なしで呼吸するというのは、生命維持装置をだれかに破壊されたときだけだ」わたしはふたりに話しかけた。「肺が死の口笛を吹くようになったら、自分たちの体力を証明できるだろう。そのときはわたしが背嚢《はいのう》から、冷却酸素を出してやろう。それでどうだ？」

アアロンはわれに返ったようにコンソールを見つめ、アリは冗談をいおうとしたが、失敗した。

「その……肺は口笛が吹けるのですか？　ともかく正確な測定データと情報がありますからね。かつて多くのテラナーは補助具なしで地球でもっとも高い山に登っていました」

「それはごくわずかな専門家の話で、きわめて特殊かつ何カ月も訓練した結果だ。きみたちのような者は高度四千メートルですでに脱落する。銀河系船団の技術に慣れた者に実際になにができると思う？　さあ、与圧ヘルメットを閉めよう。それとも歩いて引き返すか。いくぞ！」

わたしのピコシンは即座に反応した。この出動のためにわれわれは中重量の与圧ヘルメットを選んでいた。首のところで折りたためてじゃまになりにくいという利点がある。

セランの生命維持システムから通達がきて、マイクロシントロンからの制御メッセージがヘルメット・ヴァイザー上部のモニター部分に表示された。

インターカム装置が自動で動く。

「目標地点に測定可能な変化はありません」搭載艇のシントロニクスが告げる。

「手動モードに切り替えるぞ」わたしはアアロンに指示した。「シントロンの二次的制御でカタストロフィにそなえよ」

かれは確認し、スイッチを入れた。とたんにかれがラベルの操縦をになうことになったが、シントロニクス結合体は背後でチェックしている。

減速したために、はげしいガス塊の放出はもう必要なくなっていた。

「現状の空気圧を考慮し、亜音速まで速度を落としました」アアロンがいう。「建造物出現」

状況に即した簡潔な報告だった。アドヴォクからの連絡はまだない。《カルミナ》が探知した宇宙船がかれのものと同一かどうかはすぐにわかるだろう。

超光速航行のあとでかつての衛星に到達すると、静止軌道にはいった。そこで、はなれたところからは識別できなかったものが認識できるようになった。

そのなかにエネルギー放射のある金属塊があるのがわかったが、いずれもものかたちはたしかめられない。アドヴォクの球型船かどうか、確認するには調査が必要だ。

「球型船ではありません！」シントロンが報告した。「故障したエンジンや機器の残留放射がありません。放射能は認められません」

最後のコメントはいかにもシントロンらしかった。はじめて近隣の天体へのジャンプに挑んだ知的生命体は、ほとんど例外なく原始的な核基盤の装置を使用するからだ。ここにあるものは、もともとべつの大きな衛星から到来した宇宙船の残骸だという可能性はあるが、ほかにもそうした可能性はいくらでも成り立つ。

アアロンが防御バリアを解除し、前方の遠いところに瓦礫《がれき》の山が、はっきり見えるようになった。

以前は大きな集落だったと思われる場所のはずれにある岩場にその宇宙船はそびえていた。平地は、何キロにもわたって破片で埋めつくされている。

さらに左手には、建物の廃墟が雲ひとつない空を背景にのこっていた。はるか昔、カタストロフィに襲われたにちがいない。おそらくかつては栄えていただろう土地は、砂漠と化していた。

シントロニクスはほかにもデータを出した。宇宙船の残骸は予想よりもずっと新しいものだった！

メインティ・ハークロルが《カルミナ》から報告してきた。船は頭上の宇宙空間にあり、外部を警戒しながら飛行している。

「アドヴォクの宇宙船はまったく見当たりません」彼女はいった。「通信信号もなく、知られている仮想パターンによる探知もできません。広大に散らばる宇宙船の残骸のほかは、なにも探知できません。ですが、こちらのシントロニクスがあなたがたの艇載シントロンからのデータを分析しました。目下あなたがたの下にある鋼の塊りは、四週間前にはまだ飛行していました。ホログラム画像をモニターに転送します。そこの宇宙船の残骸は、それまではこのような姿でした」

彼女の映像が消え、かわりに《カルミナ》のシントロニクスがわれわれの船載シントロンの個々のデータにしたがって復元した大型宇宙船の輪郭がうつった。

外観は頂点がまるく盛りあがった二等辺三角形で、幅のひろいくちばしのようなかたちの先端が船首部分だった。

重ね合わせられたデータから、墜落したと思われる宇宙船の全体の質量は、アドヴォクの球型船とほぼ同一だと証明された。つまり、こうして最初のまちがいが起きたのだ。

メインティがべつのスクリーンにふたたび姿をあらわした。

「復元は完璧です。ここから有機的な生命体は検出できません。接近して個々のインパルスを確認できますか？　もしできれば、さらに分析するためにデータを送ってくださ い。シントロンによると、破壊の状態から生存者がいたはずだということです。かれらはどこにいったのでしょうか?」

アリ・ベン・マフルは数分前から、そうした生存者を忙しく探していたが、船載シントロンはネガティヴと報告するだけだった。

「生物のようなものはまったく検知していない」わたしは伝えた。「軌道から、見えている半球部分の土塊をセクターごとに調査してほしい。生存者が自分たちが耐えられる生活環境のある場所に退避しているかもしれない。ここはすべて荒れ果てていて、塵《ちり》のように乾燥している。水もない」

「ほかの場所にも水はありません!」彼女はいった。「気をつけてください! シントロンがずっと未確認の危険を警告しています」

アアロン・シルヴァーマンは船の残骸の上をゆっくりと飛んだ。衝撃は想定していたよりもはるかに強かったようだ。

「宇宙船は衝突してぺちゃんこになったようです」アリはいった。「つまり……鋭角に飛んできたのではなく、垂直に墜落したのです。奇妙だ!」

「わたしたちも同じ考えです!」メインティが心配げに話す。「外部からの兵器の作用は確認できていません。そちらのシントロンも、それがあればとっくに感知しているでしょう。まるでこれは……」彼女は話をとめて、考えこみながら記録をのぞきこんだ。

「まるで?」わたしは問いかけた。「アドヴォクの仕掛けた罠だと? まったく、メインティ、夢でも見ているのか？」

彼女の視線から迷いが消え、申しわけなさそうな微笑が浮かんだ。

「罠？　かならずしもそうではありません。この難破船はアドヴォクのこれまでの行動様式とはタイプが異なります。いいえ、わたしはそれよりも謎の未知の者たち、カンタロのことを考えています。かれらの船ではないでしょうか？」

この問いかけは宙に浮いたまま、解答をもとめていた。わたしは数秒で決断した。とにかくずっとアドヴォクという謎の生物につきあっているのがつらくなっていたのだ。

「たしかめてみよう。アリとわたしは残骸を調査する。アアロンは搭載艇にのこってくれ。難破船にとくに意味深いシュプールがなければ、調査は中止だ。そうなったらアドヴォクはわたしのかわりに、べつの謎解きの相手を探せばいい。それでも周囲には警戒するのだ。突然ハイパー空間から、船でかれがやってくるかもしれない」

「わかりました。そのときは、すぐにお知らせします。待ってください、いま新しくシントロンの分析が出ました。やはり……予想どおりです。衛星の目に見える半球部分に個人のインパルスはありません。念のため軌道をはなれ、惑星となった天体をまわりましょうか？」

「それはわれわれがすでに実施した。いや、われわれの真上の静止軌道にいてほしい。以上だ、メインティ」

わたしは通信を切った。推測と中途半端な結果ばかりで、まったく事態は進展していない。

アアロン・シルヴァーマンはラベルを船の残骸の西側でとめた。地上百メートル弱のところで浮遊している。

「あそこはかつての宇宙港です」かれは下を指ししめした。

「いや、空港だ！」アリ・ベン・マフルが訂正した。「シントロンの復元を見てみろ。長い滑走路が四本ある。三本の長い滑走路がならんでいて、一本が直角にはしっている。宇宙船のための港はこのようにはつくらない。衛星が爆発した惑星からはなされ、恒星を周回する軌道を見つける必要に迫られたとき、すべての生命は消滅したんだ」

わたしは思わずうなずいた。似たような結論にわたしも達していた。

「着陸だ、アアロン。船を見てみよう。おそらくこの世界で建造されたものではないだろう。かつての住民がすでに宇宙旅行をしていたかどうか疑わしい」

アアロンは大きく身を乗り出し、探るように見おろした。あちこちで、恒星の光がむきだしの金属部分で反射していて、ビームで撃たれているような気分になる。

それ以上なにもいわずに、かれは塔のような建造物の根元に搭載艇を着地させた。天に向かっていまなおそびえているのは金属製の骨組みだけだ。船の残骸の主要部はここから三百メートルの位置にある。

フィールド・エンジンの音がやんだ。マイクロカムにときどきノイズがはいるだけだ。

「ヘルメットを開けられるでしょうか？」アアロンが突然たずねた。その大声は静寂という神聖さをけがすかのようだった。

「だめだ！　死者はきみに手出しはしないが、船に乗ってやってきた生者は違う。かれらはどこだ？」

わたしはシートにすわったまま振り返り、ベルトをはずした。大きな装甲プレートの向こうにアアロンの顔がはっきりと見える。

かれは黙った。アリも意見するのをひかえていた。

わたしは立ちあがり、手足を動かした。なにかしなくてはならなかった。

〈さあ、《カルミナ》にもどろう〉付帯脳がいう。〈賢明な人間であれ！　ここでなにをしようというのだ？　世界を動かすような情報が得られるとでも？　難破船にどんな関係があるというのだ？〉

わたしは咳ばらいをした。不快な気分になった。二名の連れはわたしの第二の自我からのメッセージに気づいていない。

〈だが、いまだかつて賢明であったことなどなかったな〉付帯脳は軽蔑するように伝えてきた。〈それでは、首をさらして命を賭けるといい。これまでしてきたように〉

7

その男は死んでいた……しかし、どうやら異人の船の自動制御を担当していたらしい生物の、回転するシートのうしろにはさまり、立った状態だった。

死者は未知の型式の武器を持っていた。乗員に撃たれるまで、その武器でほかの知的生命体を脅していたようだ。

船はその直後に墜落したのだろう。シートのうしろにもたれかかる死者のような姿をしたほかの者たちが、宇宙船の制御センターを破壊した。あちこちに高エネルギーのサーモ銃に撃たれて溶けたシュプールがある。攻撃者たちは闇雲《やみくも》に暴《あば》れたにちがいない。

わたしは固定された機器のラックのあいだをすり抜け、死者の頭に手を伸ばした。長身痩軀《そうく》の姿から、かれの出自はすでにわかっていたが、たしかめたかった。

やはり、かれもまたハウリ人だった！　骸骨のような顔は生存中から変わらない。かれに撃たれた乗員はカルタン人だった。そのネコの顔は、死んでもなお白く輝く歯で威嚇《いかく》している。

「ここにいる全員がほかのだれかを殺した」アリ・ベン・マフルの声が聞こえた。「ハウリ人は、制御システムを破壊してはいけないということを理解するだけの知識を持っていなかった。つまり、かれらは原始化したハウリ人だったのだ。カルタン人は墜落するしかなかった」

かれは瓦礫をかきわけてわたしの左側にこようとした。ここは制御センターの後部。これ以上は進めない。

「聞こえていますか、アトラン？　あの、アトラン……！」

「おちつけ！　わたしにも見える。カルタン人のどの種族なのか、ほとんど特定できないだろう。唯一たしかなのは、八百名以上のハウリ人を捕虜として乗船させていたということだ。一部が自由になったにちがいない。武器を強奪し、仲間のハウリ人のほとんどを解放したのだ。カルタン人の看守は注意がたりなかった」

アリはもはやここにいることを後悔しているようだった。これほど多くの死者を一度に見るのははじめてだったのだ。制御センターを探索する前に、船の上部に大きなキャビンをいくつか発見した。船の壁が崩れていて、そこにはいるのはかんたんだった。

そこのホールで約百名のハウリ人を発見した。細く背もたれの高いベンチの列につながれたままだった。逃げだした仲間に解放される前に墜落したのだろう。

無慈悲な戦闘で命を落とさなかった者も、墜落のときか、遅くともその直後に絶命していた。ハウリ人もカルタン人も、この酸素の薄い大気では生きのびることはできなかっただろう。宇宙服を着ていた可能性のある者をのぞけば。

われわれが探しているのはそうした生きている者たちだ！　宇宙服を着用した者たちにはチャンスがあった。

「もどれ、アリ」わたしは若者に呼びかけた。「ここから先の制御センターはつぶれている。知りたかったことはわかった」

「信じられない！」海賊のような顔をした若者は動揺していた。「奴隷商人を思い出しませんか？　カルタン人がどこかでハウリ人をとらえ、奴隷のようにあつかったのはまちがいないと賭けてもいいです。一部が自由になり、護衛をかたづけ、武器で撃ちはじめた。もちろん、さらにほかの武器庫を見つけたのでしょう。死者のほとんど全員が手にブラスターを持っていますから」

「そうかもしれない！　もどれ、アリ」

「はい、そうしています。くそっ、なにかが引っかかってるんです」

わたしはもといたところまで引き返し、アリ・ベン・マフルを見た。腕ほどの太さの切れたケーブルが、かれの背嚢の下にはさまっている。防御バリアのスイッチは、最初の調査をはじめたときに切っていた。バリアを張ったまま、このもつれた金属のなかに侵入していたら危険だっただろう。

「動くな、アリ」わたしはこの瞬間にできるかぎり冷静に忠告した。「ケーブルに引っかかっている。まだ電流が流れている可能性がある。断面から考えると、その量は大量だ。パラトロン・バリアのスイッチを入れろ。慎重にな！　奥に手を伸ばしたり、むきだしの導線に触れたりしないように」

かれは驚くほどしずかだった。その呼吸しか聞こえない。数秒後、バリアがたちあがり、想定外の花火が飛んだ。

数メートルの太さがある閃光がケーブルの断面から飛びだした。アリのバリアに吸収され、エネルギー的に変換されてハイパー空間に放射される。

轟音が耳をつんざいた。真っ白な放電につつまれた人影が、うしろの壊れたハッチに向かって動く。最後の閃光で、アリが死をまぬがれたのがわかった。

ようやく、かれのからだがまた見えるようになった。過負荷の防御バリアの色が消えた。

「わたしはまだここにいます！」かれの声が聞こえた。困惑しているようだ。「ケーブルが見えませんでした」

「高エネルギー・バリアを張っていないときは、そういうことに気をつけるべきだろう」わたしは叱責した。「ここからむきだしになった端がよく見えていたぞ」

「トスタンでも、そんなに憎々しくはいえないでしょう」かれは不平をいった。「ただ気づかなかっただけです。混沌としていますから！　あまり明るくはないですし。すみません。これから、どうしますか？」

かれは話をそらそうとし、わたしは不快な気分をおさえた。アアロンは心配そうに花火の意味をたずねた。かれはラベルの船外ですわって、こちらの位置を観察している。

「通電している導体と接触しただけだ」わたしはかれを安心させた。「すべて順調だ。《カルミナ》のシントロニクスはカルタン人の状況についてなにか把握できたか？　あるいはハウリ人について？」

「まさにかれらはハウリ人とカルタン人です。この数百年間、ふたつの種族がどのように発展したのかはだれにもわかりません。われわれが出会ったものとはもはやなんの関係もなくなってしまった文化も数多くあるでしょう。メインティから、エンジンとエネルギー供給に関する技術的なデータをもらえないかと依頼がきています。そこからなにか進展があるかもしれません」

わたしは返事をはぐらかした。さらに進み、アリは壊れた壁にたどり着いた。かれのパラトロン・バリアはまだ明滅している。

「どうしてそんな質問を？　カルタン人がどこからきたのか知って、われわれにとってどんな役にたつ？」

「ネコ生物のことではありません。メインティはまだ謎のカンタロについて考えているのです。かれらが墜落した船の建造に携わっていたのかもしれません……技術的な分野で。いずれにしても、なにかわかるでしょう」

わたしはためらった。わたしのなかのなにかが、この難破船に長居してはいけないと警告している。

「きみたちは本当に、個別インパルスを受信していないのか？　この宇宙船は、生存者がいないほど徹底的に破壊されたわけではない」

アアロン・シルヴァーマンの顔が大きくなった。かれは記録装置に接近していた。与圧ヘルメットは依然として閉じている。

「あなたのピコシンがなにも受信していなければ、そこにはもはや生命体はありません。直接《カルミナ》にあなたを接続しましょうか？」

わたしは徹底的に質問することで、ものごとの真相に迫るメインティのやり方を思い出した。しかし、これは違う！

「いや、その必要はない。よし、エンジンとエネルギー反応炉を見てみよう。おそらくグラヴィトラフが見つかるだろう。残留放射があちこちにのこっている。また連絡する。以上」

障害物や死体を慎重に乗りこえていく。標準時間で約四週間前、ここは完全にカオスだったにちがいない。そのなかでわたしは、どうしてカルタン人がこの生存には向いていない天体に飛来したのかという問いかけにさいなまれている。

〈メインティの考えは悪くない〉付帯脳がいう。〈カンタロは新時代のひそかな黒幕のようだ〉

わたしは不快な警告を意識から追いやり、目の前の任務に集中することにした。この難破船から有用な手がかりを見つけるのは至難のわざだ。

船は胴体のたいらな下面から衝突していた。シントロンの復元から判断すると、エンジンとエネルギー貯蔵の主要部はそこにあったにちがいない。それでもためしてみたかった。

アリは妙に慎重に動いていた。セランのチェック装置を確認しているのが見える。

「どこかおかしいのか？」わたしは不安をおぼえてたずねた。「なにかあったのか？」

「マイクロ反応炉が不安定で、機能が落ちています。ふたつの非常用エネルギーバッテリーはケーブルに接触したときに故障しました。チェックしたところ、九十九パーセントの反応質量を使い切ってしまいました。ニューグ反応炉へのパルス・プロトン放射は微弱ですが作動しています。わたしの防御バリアの高エネルギーフラッシュオーヴァに、五次元要素がかんでいるにちがいありません。パラトロン・バリアのスイッチを切らないと、二分で充電切れになります」

「では、やってくれ。選択肢はない」わたしはうながした。

わたしはトスタンの無骨な相互結合銃のことを罵《ののし》りながら、さらに瓦礫をかきわけて進み、ようやく道が開けた。アリのところにたどり着くと、かれのパラトロン・バリアが消えた。ヘルメット・ヴァイザーの奥で、かれの顔が汗ばんでいるのに気づいた。

「問題ありません」かれは安堵の表情を浮かべた。「帰還にはたぶん充分です。ですが、飛ぶことはできませんし、セランの追加の重量を吸収することもできません。重力中和装置にも多くのエネルギーが必要なんです。スイッチを切らなくては。そうしないと酸素供給がとまります」

わたしは相互結合銃を肩にかけ、アリのベルト・システムを指ししめした。セランの背中から胸にかけてのびていて、相互結合弾がはいった予備弾倉が二本、さがっている。わたしはその弾倉を自分の肩のストラップにはさみ、最後の障害物をこえて与圧室へいくのに手を貸した。こちらには破壊はほとんどおよんでいなかった。両開きのエアロックは、頑丈な素材のおかげで衝撃に耐えられたのだ。

アリ・ベン・マフルは一歩ずつ前進した。わたしのピコシンの計算では、〇・六一Gという低い重力にもかかわらず、かれは五十四・〇二キログラムという重さのセランを負って移動しているのだ。長くつづけるのは不可能だ。重力吸収装置があるからと、われわれは重装備を選んだのだ。

エアロックでかれは床にくずおれた。あえぐような息がすべてを物語っている。アリには早急な救助が必要だ。脈拍はすでに毎分百六十二まで上昇している。かれのピコシンが音と光の信号で警告する。

わたしは鋼の床に膝をつき、大きな背嚢をかれに向けた。肩から腰までの長さがある。

「左下に細い仕切りがある、入力コードはわかっているようにMASだ。そこを開けて充電バッテリーを出してくれ。連結はされている。それをとってくれれば、わたしがきみの背嚢につなぐ。MASと入力するのだ、そうしないとフラップが開かない。わたしはキイボードにとどかない。やってみてくれ。アリ……！」

ピコシンの外部観察の小型スクリーンで、かれが苦しそうに手をあげているのが見えた。わたしの次の言葉は、低くうなるような音にかき消された。

恒星の光のように明るいビームがわたしの頭上をかすめ、エアロックの向こうの鋼の壁にぶつかった。光り輝くクレーターが出現し、溶けた金属が飛び散る。

空気は一瞬で熱されてはげしく膨張し、圧力波でわたしはわきにはじき跳ばされた。アリの胸の装甲プレートに仰向けにたおれる。わたしは赤ん坊のように無力だった。

わたしの右の、わずか五メートルのところに、二名の長身のカルタン人が立っていた。宇宙服を着用して高エネルギー兵器を持っている。その威力は披露されたばかりだ。

二本の銃口を見つめ、なんとおろかな、とわたしは自分を呪った。生存者がいるかもしれないとずっと警告していたのは、自分ではなかったのか？　それがこのざまだ！

わたしは慎重にアリのからだから転がり落ち、そのまま横たわっていた。いま銃に手を伸ばすのは自殺行為だ。わたしのピコシンには先見の明があり、防御バリアを張るのは断念していた。アリにはなんの役にもたたないだろう!

細胞活性装置は強く、ほとんど痛みを感じるほど鼓動している。これはまた、地球という惑星の歴史をめぐる長い旅のあいだに、何度も対処しなければならなかった事態のひとつだ。わたしは本能的にチャンスを探した。これまでは、チャンスはつねにあった。ただし、それを見つけだす方法をわかっていればだが!

エアロックの左側の出入口には、さらにカルタン人が二名いた。それ以上はいないようだ。そのうちの一名が前にしなやかに跳びだし、わたしの相互結合銃を奪った。アリのブラスターは足でわきに押しやったあと、ひろいあげる。

ふたりめのカルタン人はわれわれのベルトのホルスターから小型の銃を引き抜いた。さっきと同じようになめらかに、かれらはもとの位置にもどった。だれもひとことも発しなかった。となりで金属の壁が光った。

わたしは先手を打った。催眠にかかったように、明滅する銃口を眺めていてもむだだ。異人たちにわたしは話しかけた。インターコスモが通じるといいのだが。かれらはこの言語が理解できた!

「これはいったいどういった状況だ?」わたしはできるだけ冷静にたずねた。「救助が必要だろう。わたしは救いの手をさし伸べられる。まず、仲間に新しいバッテリーをわたすことを許してもらいたい」

「われわれがあなたの搭載艇に乗ったら、だ！」銃撃した者が返事をした。「搭載艇で待機している部下に声をかけ、われわれのために操縦士になるよう指示しろ。ひとりは、あなたと瀕死の部下とともにここにのこる。その者も搭載艇に乗ったら、スタートだ。あなたは自由だ。いまいったことを操縦士に指示するのだ。急げ！」

わたしは啞然とした。カルタン人は本当に〝瀕死の〟という言葉を使ったのだろうか？　かれらはまだ、ハンガイ銀河で知りあったときのような知的生命体で……寛容で誠実に戦う者たちなのだろうか？

「まだある、異人よ！」話し手があらためて告げた。「われわれのインターカムの周波数を探知できていたのだ。われわれと《カルミナ》について情報が把握されている。だれも事実をかくそうとはしなかった。「軌道上の船がわれわれのスタートを妨害したら、操縦士は死ぬ。さあ、命令しろ！」

銃口が上に向けられた。アリの呼吸はしずかになっていた。横になっているため、苦痛のピークは通り過ぎたのだろう。わたしは、ラトバー・トスタンなら〝危険なゲーム〟といいそうなことをはじめた。

「わかった。搭載艇はきみにやろう。わたしの操縦士はどうやってもどるのだ？」

「自分で指示するといい」

わたしはそれ以上の時間稼ぎをするのはやめた。アリのセランのエネルギーが切れていて、行動の自由は束縛されている。カルタン人が防御バリアを張っていないのは重要だ。背負っている器具もちいさく、プロジェクターも携帯していないだろう。

この点、かれらはわたしにはその装備があるのを見落としているようだ。なぜ見落としたのか？　この種の小型機器に精通していないのだろうか？　おそらくそうだろう！

わたしにはどうでもいいことだった！　こみあげる怒りをおさえながら、わたしはアアロン・シルヴァーマンに連絡した。

「アアロン、インターカムで聞いていただろう。防御バリアを切り、外側エアロックのハッチを開けてくれ。三名のカルタン人が乗艇する。指示される場所に三名を連れていってくれ。アリとわたしはここにのこる。四名めのカルタン人の保護下だ。最初の三名のネコ型生物が乗艇したら、この四名めもつづいて乗るだろう」

「バリアを切る？　その者たちを船に乗せる？　しかし、……しかし、そんなことはできな……」

「指示にしたがえ！」わたしはどなりつけた。「アリにバッテリーを用意して、エアロックから投げてくれ。四名めの異人が乗船したら、すぐにひろうから。さあ、はじめろ。さもないとトスタンの相続人に襲われるぞ！」

「わかりました！　バリアを切り、エアロックのハッチを開きます。カルタン人も納得するでしょう」

わたしは安堵の息をついた。アアロンはヒントを理解したのだ。

ネコ型生物の一名が走って出ていき、数分後にもどってきた。異人同士のあいだで交わされた言葉はわたしには理解できなかった。ピコシンの翻訳では語彙が不足していたのだ。

アリ・ベン・マフルはまたふつうに呼吸していた。ショックを克服したのだ。横になったまま、背嚢を床に置いておけば、深刻な状態にはならないだろう。酸素供給には、反応炉のパワーだけでまだ持ちこたえられそうだ。

これで必要な分の行動の自由が得られた。

カルタン人のリーダーはもはやよけいな言葉は口にしなかった。付帯脳は、かれらはすでに酸素欠乏にかなり苦しんでいると推測していた。すでに長く荒れ果てた衛星にいて、船の大貯蔵室は通行できなくなっているのだろう。そのため発見できた物資でどうにかすごすしかないのだ。

わたしの状況は好転している！　カルタン人の三名がエアロック前の通路に姿を消した。そこの天井に開いた穴からは直接外に出ることができる。

わたしはもうなにもいわなかった。護衛も同じだった。かれが黙っている理由はわかる！　酸素貯蔵量がつきかけているのだ。できるだけ呼吸を浅くし、よけいな動きを避けている。

ヘルメット内蔵モニターにアアロン・シルヴァーマンの顔がうつった。セランのHÜバリアをつけて待っている。もし三名のならず者が実際に乗艇してきたら、かれの命は絶望的だ。かれらはアアロンをいたわるつもりなどない。

護衛が振り返り、外のようすをうかがった。おちつきをどんどん失っている。わたしがささやき声で指示するのをかれは理解できていないようだ。わたしのピコシンはよりよく反応している！　もう一刻の猶予もない。

わたしのパラトロン・バリアは一瞬で構築された。完全に起動する前に、わたしはジャンプして、護衛に向かって走った。

かれはとてつもなくすばやかった！　わたしはビーム放射を胸の高さに受けたが、それはなんなく吸収された。

アリは地面に横たわったまま動かない。エネルギー爆発の害はおよんでいない。これがジャンプした理由だった。

カルタン人があらためて銃撃しようとする前に、わたしはトスタンのヴァイブレーション・ナイフの柄から刀身をひとつ発射した。それは謎につつまれた過去の特殊構造物のひとつだった。カルタン人は与圧ブーツに刺してある器具を見落としたのだ。

きらめく鋼は最後の二メートルをこえ、異人の宇宙服の胸部を貫いた。護衛は音もたてずにくずおれた。

「アアロン、バリアのスイッチを入れろ。早く！」わたしは叫んだ。

この言葉をかれは待っていたようだった。跳んでくるカルタン人が二十メートル先に迫ったとき、ラベルのエネルギーの防御壁が閉じた。ネコ型生物の怒りのわめき声が聞こえ、わたしはいいようもないほど安堵した。

アリは微笑を浮かべ、わたしは機器を使って天井に大きく開いた開口部まで飛んだ。三名のカルタン人は怒りにまかせて搭載艇の防御バリアを銃撃している。そのうちの一名の話し手だったらしい者だけは、難破船にもどってきた。おそらく、わたしを驚かせようとしているのだろう。

「とまれ、異人！」わたしは大声でいった。「それ以上一歩でも近づいたら殺す。きみの汚いやり方には目をつぶり、酸素と食糧はあたえる。だが、それがすんだら、できるかぎり早くわたしの視界から消えるのだ」

かれは立ちどまった。マイクロカムからあえぐような声が聞こえる。

アアロンから搭載艇に異常はなしと報告がはいった。かれはアリに新しいバッテリーをわたすため、すぐにこちらにこようとしている。

わたしがそれを認める前に、搭載艇の近くで岩場が爆発しかかっているのが見えた。

三名のカルタン人が燃えさかる炎に飲みこまれ、灰と化した。赤熱《せきねつ》の衝撃波によって、船体のむきだしの金属からわたしは引きはがされそうになった。

古代エジプトの言語で悪態をつきながらしがみつき、アドヴォクの声で現実に引きもどされてようやく言葉をとめた。かれがそこにいた！　われわれの探知機になにか仕掛けられたのだ。だが、今回はかれはインターコスモで話をしていた！　決断のときが迫っているのをわたしは感じた。

「なぜ自分の仲間を殺したのだ？　どんな戦術で自分がアトランだとわたしにまた信じさせようとしているのだ？」

「きみはこれまで出会ったなかでもっとも完全な宇宙的おろか者だ！」わたしはわれを忘れて叫んだ。「どの仲間の話をしている？」

「カンタロのクローンだ！　あの生物は遺伝的に模倣したカルタン人だ。いずれにせよ、わたしはかれらを全員、破滅させただろう」

「そうか、だから、わたしもクローンだと？」わたしは精神がおかしくなったように笑い、大声をあげた。突然、アドヴォクがわたしのこれまでの証拠を信用しなかった理由がわかった。クローン化されたアトランは、ほんもののアトランが知っていることを知っていたのだ。

ちがう……ひどく内密な些細なことで、わずかな記憶以外にはのこっていない、模造はかならずしも知る必要はないのだ！　その点では、われわれは何世紀も前にデュプロで何度か驚かされたことがある。

わたしは前方を見やった。金属片の向こうに、エネルギーのオーラにつつまれた人影が見えた。スペクトルの色に輝いている。

わたしは思わず武器に手を伸ばしたが、ベルトのポケットは空だった。

「ハンドブラスターはまだ船のなかだ。忘れていっただろう」光り輝く怪物はからかうような口ぶりでいった。「それも役にたたないだろうが。きみの行動はずっと見ていた。だれもわたしに気づかなかった。当然のことだが！」

「当然のことだが！」わたしは怒って真似をした。「きみのような傲慢なペテン師は、基本的に過ちをおかさない」

かれは冷笑すらしなかった！　ユーモアのセンスも自尊心もないのか？　たとえペテン師という言葉が古代テラのものだったとしても、そんな呼ばれ方はしたくないだろう。

だが、かれはこの言葉を知っていた。かれの返事に、わたしはぎょっとした。

「ペテン師だと？　カンタロのクローンにしてはめずらしい言葉遣いだ。ほんもののアトランを知っているのか？　それとも、かれの細胞組織の一部からつくられたのか？」

すくなくともいま、わたしは自分が疑われているのを知った。わたしはからだを起こし、背筋を伸ばして飛翔機器のスイッチに手を伸ばした。

「よく聞け、おろか者！　わたしは搭載艇に飛び、バッテリーを持ってきて、友のためにエネルギーを供給する。それがすんだら、またくっちゃべるか、あるいはわたしに洗いざらい話してくれ」

「洗いざらい？」かれは大声でいった。おや……急に興奮した！　チャンスだ。「そうか、アトランのクローンが一部の古い言語をほとんど使わないのを知っていたか？　くっちゃべるというのももはや新しくはないがな。さあ、もういくぞ」

四度めの炎の渦が船体の一部を破壊した。災いが起きた場所は遠かったので、わたしはただ熱の息吹《いぶき》を感じただけだった。偉大なるアルコンにかけて……この男はまだなにか聞きたいようだ！　それはとんでもないことだった！　かれはふたたび口を開いた。「あなたの声は二〇四〇年五月七日と変わらず荒々しい。あのとき歌っていた歌を歌ってほしい。一語一句違うことなく同じメロディで歌わなければこのゲームは終わりだ」

付帯脳がメッセージを伝えてきた。その写真的な記憶で、当時の状況が目の前に浮かんだ。突然、わたしはまたすべてを悟った。

わたしは空気のない荒れ果てた惑星ヘルゲイトでペリー・ローダンと死闘をくりひろげていた。最後の睡眠期間の直後のことだった。ふたりとも飲み水が枯渇し、たがいの命がかかっているのをわかっていた。

わたしはペリーから支配権を奪おうと、最後の水をいっきに飲み干し、おろかな心理的な詩を考えだした。かれからあとで聞いた話だが、その詩の妙な韻のせいで、かれは正気を失うところだったらしい。

アドヴォクは真剣だった。わたしにはそれがわかった！　要求に応じなければ、かれはこれまで以上に不安になり、精神のバランスを崩すだろう。

そこでわたしは当時と同じように、ほとんど荒々しくしわがれ声で歌いはじめた。

「水はぬれてる、
水はぬれてる、
すすり、飲みこむ、
その気分。
水はつめたい。
　ぬれればつめたい。
　　わたしは泳ぐ、
水槽のなかで。
　なぜならきょうは——
水はぬれてる」

アウシュビッツ収容所の隣で幸せに暮らす家族を描いた衝撃の映画「関心領域」原作小説

関心領域

マーティン・エイミス／北田絵里子訳

eb5月

おのれを「正常」だと信じ続ける強制収容所の司令官、司令官の妻と不倫する将校、死体処理班として生き延びるユダヤ人。おぞましい殺戮を前に露わになる人間の本質を、英国を代表する作家が皮肉とともに描いた傑作。二〇二四年アカデミー賞国際長編映画賞受賞原作

四六判並製　定価2750円[22日発売]

ノーベル文学賞作家の精華を伝える2篇所収！

若い男／もうひとりの娘

アニー・エルノー／堀 茂樹訳

eb5月

30歳下の男性と付き合うなかで感じる熱情、若かりし頃の記憶、脳裏によぎる死の想念を冷徹に描く「若い男」。著者が生まれる前に亡くなった姉と両親の秘密を緊密な文章で解きほぐす「もうひとりの娘」。ノーベル文学賞作家のエッセンスを凝縮した自伝的作品

四六判上製　定価2640円[22日発売]

全盲の著者とその相棒であるスマホの、おしゃべりな日常

このレトルト食品の中身はカレー、それともシチュー？　マンションの掲示板には何が書

古い記憶を思い出すのと慣れない歌に疲れ果て、わたしは黙った。ぼろぼろの金属につかまって膝をつき、アドヴォクを見つめる。

かれが突然、こちらに近づいてきた。高性能の飛翔機器で地上すれすれを飛び、瓦礫の壁を登り、わたしのとなりでおりた。

光り輝いていたオーラが消えた。長身の男がわたしの前に立っていた。狂気の沙汰のような宇宙装甲を着用している。

スーツも虹色に輝いていた。ホログラムがはめこまれ、華麗な装飾、様式的なレースの襟がきわめて太いコンビベルトの魅惑的な輝きで豪華さを競い合っている。軽《かろ》やかなレースや光る石のそれぞれに高度な技術による目的がありそうだ。

わたしは仰向きのまま、船の側面にひっくり返った。一万二千年以上生きてきて、これほど茫然としたのははじめてだった。

「すみません」ロワ・ダントンはとまどったような笑みを浮かべた。「お手数をかけました! カンタロのクローンはすぐれていて、ほとんど見分けられないのです。本当にすみません。水の歌のおかげで確信できました」

ピコシンはわたしの防御バリアのスイッチを切った。わたしはよろめきながら立ちあがった。

テラニアで二四〇五年八月十六日に生まれたマイクル・レジナルド・ローダンの首に

無言で抱きついた。この風変わりな少年は、すこしばかりふざけすぎたゲームをした！　おまけににやにや笑っている！

「アドヴォク！」わたしは言葉がつかえるのを感じた。よろこびとそのほかの百もの感情で心が揺さぶられる。「アドヴォク！　もちろんダントン、フランス革命の指導者の弁護士、つまりアドヴォカートのロワ・ダントン、だからアドヴォクなのか！」

「うしろの言葉がすこし違うだけ。あなたならわかると思っていました」

「二千年以上もたったあとで？」わたしは笑い泣きしながら叱責した。「きみは昔もいまもおかしい。ぼうず、われわれは七百年遅れて到着した。時間のずれはほんものだ！　ペリーは調査のため飛んでいる。われわれは新しい時代で見当をつけながらやっていくよりほかない」

「われわれは今日《こんにち》でもそうしていますよ」かれは急に真剣になった。「わたしも遅れて到着しましたが、ただしそれはタイムパラドックスの結果ではないのです。わたしは最近、あなたの船団を探知し、その通信を傍受してアトランの名前を聞きました。頭がおかしくなりそうでしたよ」

「でした？」一だれかがそばを飛んで通り過ぎながらいった。アリ・ベン・マフルだ。すでにアアロン・シルヴァーマンから新しいバッテリーをわたされていたのだ。「まったくあつかましい、おおばか者ですね！　あなたにくらべれば、ラトバー・トスタンは大酒を飲んで従順になったちびのネズミ＝ビーバーですよ、まったく」

わたしは透明なヴァイザーごしにダントンの目を見つめた。かれの顔はいまなお細く、印象的だ。かれはうなずき、意地悪そうな微笑を浮かべた。

「あなたの身分を証明する最後の証拠ですね」かれはとうとう乾いた口調でいった。「あの男がテラナーでなかったら、わたしはすぐさまアウグストゥスを名乗りますよ。さあ、皇帝、わたしの搭載艇は廃墟の裏にあります。あなたの旧式の小舟よりずっと快適ですよ。すごいですね……あんな小舟でまだ宇宙を飛んでいるとは！」

8

かれはわれわれのラベルをなんと呼んだだろうか？　小舟だとか？

そうか、そうかもしれない。だが、《カルミナ》のトランスフォーム砲撃は、かれが命名した自身の球型船《モンテゴ・ベイ》をひどく当惑させた。われわれの技術はそれほど時代遅れではないのだ。技術は約七百年も前のものだが。

いずれにせよ、ロワ・ダントンはラトバー・トスタンの秘密兵器にとても驚き、並はずれたテラナーと知りあえなかったことをとても残念だといった。

わたしをめぐる謎のゲームは解き明かされた。もっとも策略に満ちていたのは、ほんものだった難破船の罠だった。

ロワは数週間前にそれを探知し、墜落の歴史を調べた。それは本当に奴隷狩りをするもので、依頼主はアドヴォクの月を積み替え地としていた。それはいまは存在しない。

ロワが手をくだしていたのだ！

四名のクローン・カルタン人は、わたしにとって最後の試金石となるはずだった。わたしがかれらのような生物に対してどうふるまうか、ロワは見たかったのだ。かれらは宇宙船内で諜報活動をおこなっていた。そんなことがまだ、あるいは、またあったのか！

もちろん、かれは《カルミナ》を探知していて、大きな隕石をすぐれた対探知用のかくれ場所にして自身の球型船をかくしていた。わたしが衛星に着陸する前に、船はすでに停泊していたのだ。

この件については、わたしはそれほど興味はなかった。謎のゲームは終わった。より重要なのはロワからの報告だ。

NGZ一一四三年八月二十日の夜が明けた。われわれはかれの搭載艇の豪華なサロンに腰かけていた。ロワの精神にふさわしく、そこは武装船というよりも豪華なヨットのようだった。それでもやはり強大な力を秘めた船だった。こうしてよそおうのもまた、この洒落男を演じるのが好きな奇妙な男の特色のひとつだった。

かれの報告は短かった。とはいえ、簡潔で適確という点では文句のつけようもなかった。あらゆる暗示に苦しみがにじんでいた。

ハンガイ銀河の最後のクオーターが転移したことによりカタストロフィが生じたとき、ロワ・ダントンはデメテル、ロナルド・テケナー、ジェニファー・ティロンとともにドリフェルの近くを飛んでいた。

コスモヌクレオチドが爆発し、ロワのネット船を飲みこんだ。船はちょうどエンジンをメタグラヴ・システムに交換したばかりだった。エネルギーの波で制御不能な転移が起きて、船を故郷銀河から七億光年の距離にあるヘルクレス座銀河群にある遠い銀河に弾《はじ》き飛ばされた。

未知の知的生命体との戦いやそのほかの損傷により、ロワは歩くのも困難な惑星に緊急着陸せざるをえなかった。それより前にデメテルは謎のハイパー作用によって命を落としていた。

新しいメタグラヴ・エンジンの修理は何年にもわたり、修理が終わってもようやく光速の二千万倍の速度しか出せなくなっていた。

およそ三十五年かけて、生存者三名が双子銀河のアブサンタ＝ゴムとアブサンタ＝シャドの前に到着した。

ドリフェルやドリフェル・ステーションはまったく確認できなかった。惑星サバルは見捨てられ、施設は朽ち果てていた。戦闘のシュプールは発見されなかった。

力の集合体エスタルトゥの政治的、軍事的状況についてはロワは自身の不安定な状況から多くを知ることはできなかった。ただ確実なのは、超越知性体エスタルトゥについてはなにもわからないということだった。力の集合体に到着していないか、あるいは到着しているのを秘密にしていたのだ。

ロワ・ダントン、ロナルド・テケナー、ジェニファー・ティロンが故郷銀河の境界に到達するまでにさらに丸二年を要した。ここで五一二年、三名は種族間の混乱と死の壁に直面した。

それから数百年間、三名はただみずからの地位を強化し、故郷銀河に進入しようとすることしかできなかったが、すべて徒労に終わった。かれらの状況はわれわれよりも不利だったのだ。

その後かなりたってから、サトラングの隠者が客として到来し、三名はそれが細胞活性装置保持者のジェフリー・アベル・ワリンジャーだと確認した。その後、状況は安定した。

かれらはついに地球のような惑星を発見し、フェニックスと命名した。

「フェニックス？」わたしはダントンの報告をさえぎった。メインティ・ハークロルがほほえみながら、こちらにやってきた。アアロン・シルヴァーマンとアリ・ベン・マフルはぶつぶついいながら、搭載艇にもどっていく。いまのところ、かれらはロワ・ダントンという細胞活性装置保持者に対して、どうふるまったらいいのかわからないのだ。

「そうです、フェニックスです」ロワは認めた。「あなたたちも集合地点をその名で呼んでいましたよね？　最初は不思議でした。よりくわしく探ったとき、あなたの名前が聞こえたんです。同じような憧憬《しょうけい》と希望の気持ちから、似たような言葉につながったのでしょうね。そう、ジェフリー・アベル・ワリンジャーのことがはっきりしました。かれはサトラングでレジスタンス組織を設立しようとしていたのです。同志はかれが治癒した患者たちでした。テケナーはかれを説得し、発見したばかりの惑星を基地にすることを提案して、ワリンジャーは同意しました」

ロワは失敗つづきだった数百年間のときを考え、もの思いにふけった。

ちいさな組織からついに五千名ほどのグループとなり、〝自由商人〟と名乗るようになった。これでまたロワの願いはかなった。

テケナーは予想していたとおり、フェニックスで秩序をつくるきびしい〝執行者〟だった。それでも、そこではゆるやかな規律がたもたれるべきで、わたしはそれが気にいらなかった。

死の直前、ワリンジャーは二名の細胞活性装置保持者に自身が開発して名づけた〝パルス・コンバーター〟をわたした。これでいつか故郷銀河をとり巻く死の壁を突破できるはずだった。

この装置はまだ使用できる状態ではなかったが、ロワとテケナーは、サトラングの隠者が故郷銀河の種族の運命とこの壁について、かれが認めていたよりもはるかに多くの知識があることを知っていた。

「どこかにすべての秘密がかくされている場所があるのです」ダントンは昔話を終えた。

シートにゆったりすわり、裸足の足を伸ばし、くつろいでいた。

「いつか見つけますよ、アトラン」かれは考えこみながらつづけた。「いま大切なのは、あなたと銀河系船団を安全に移動させることです。この宙域はいかがわしいものだらけですから」

「そのうちのひとつに、いやがらせをされたばかりなんですよ」メインティは最高の微笑を浮かべながらいった。「もっとテラのコーヒーはいかがですか？　《カルミナ》から持ってきたんです」

ロワ・ダントンはおもしろそうな表情を見せた。こうしたテラナーの女に会うのは久しぶりなのだ。

「やっかいな事態はぶじ解明されたのでよろこんでください」かれは主張した。「ここにテケナーがいたら、あなたがたはずっと苦労したでしょうね。かれは手早いですが、きびしいし、気むずかしい男ですからね。あなたがたは停滞フィールドで体感的にはほんの数秒間すごしただけですが、われわれは何百年もさまよったんですよ。それがどんな地獄だったか、想像もできないでしょう！　わたしは何度も細胞活性装置を呪いました。一方、フェニックスはすばらしい楽園でした。ただ、そこに好まざる要素が巣くわないようにする必要がありました。はっきりいえば、武器をつねに磨いていたということです。カタストロフィ直後とその二百年後の大戦争の映像をお見せしたいものです。

きっともういやがらせの話はしなくなると思うよ、メインティ……わたしは完全に真剣だったんだ！　あなたがたはまだ本当の状況を把握できていません。故郷銀河は向こうにあり、だれも進入できません。ワリンジャーが解決法を発見したのではないかと考えると、頭がおかしくなりそうです。かれはかなり強情で、一匹狼になっていました。それも映像で見られます。いっしょにフェニックスに行きませんか？」

かれにうながすような目を向けられ、わたしはただうなずいただけだった。もちろん、いっしょにいくとも！　このような世界を必死に探していたのだから。

ロワが立ちあがった。敏捷《びんしょう》に動く小型ロボットがかれに快適な靴を持ってきた。わたしは立ちあがり、いまはわたしのものになった相互結合銃に手を伸ばした。

「すばらしい銃ですね」ロワがいう。「伝説的です、あなたがラスプーチンをかたづけたように。わたしは……」

ひかえめだが、それでもしつこく響く遠吠えのような音が聞こえてきた。ダントンは話をやめて、スイッチを操作した。

「大至急フェニックスにもどってほしい」よく通る声が響いた。「なにか悪いことが起きている」

まさにその思いがけないことがおこったかのように、通信はとぎれた。

わたしは問いかけるようにロワを見つめた。

「ロナルド・テケナー？　いまのはかれの声だったな？」

かれはうなずいた。緊張した面持ちだ。

「かれでした。探知される危険があって、ここでは映像つきの通信はできません。あなたがたは未開人みたいに無邪気に通信してましたね。どれだけの知的生命体に傍受されたと思いますか？　アトラン……あなたは危険なジャングルにいるのです！　それを忘れないでください！　星間空間は空虚なように見えるだけです。サトラングはすでによく知られていました。だからこそ患者や抵抗運動の闘士はそこにいてはいけないと、ワリンジャーを説得したのです。この宙域では、食べるために食べるのです！　死んだカルタン人を見てください。かつては、原始化したハウリ人を奴隷にするという考えがあったでしょうか？　わたしはすぐに《モンテゴ・ベイ》にもどらなくては。お望みであれば、目的地の座標をお伝えします。ここにコードがあります」

かれはメインティィに細い金属のリングをわたした。

「あなたがたのシントロンだったら対応できるでしょう。われわれはどんなちいさなメッセージでも集めて切り刻みます。それはすぐにわかると思いますよ。《カルミナ》でついてきてください」

われわれは急いで別れの挨拶をしてセランでラベルに飛び、すぐにスタートした。ロワはすでに姿を消していた。

《カルミナ》に到着すると、すでにロワの短いインパルスを受信していて、そこには目標の座標があった。

十分後、われわれは加速した。ロワからハイパー空間に突入する前にふたたび通信がはいった。

「どうやら、ついてこられていますね。すばらしい！　超光速航行でスタートします。では、のちほど」

まだ数分間、時間はあった。アアロン・シルヴァーマンとアリ・ベン・マフルはいつものようにテクノ制御コンソールの前にすわっている。スタートするすこし前に海賊のような顔をした若者が、かれらしく乾いた口調でいった。

「また風船がはじけましたね！　このロワ・ダントンには、いまのところなにも感じません。アドヴォクとしては、すくなくとも興味深かったですけどね。もしかれをトスタンのETAG＝四＝ROPの標的にしていたら……きっと細胞活性装置のつらさについて不平なんていわなかったと思いますよ。不老不死がいやになったのなら、捨ててしまえばいいじゃありませんか」

わたしはうつろな気分になってかれを見つめた。

惑星フェニックスの反乱

クルト・マール

登場人物

アトラン……………………………銀河系船団指揮官代行。アルコン人
アリ・ベン・マフル
アアロン・シルヴァーマン……《カルミナ》乗員。技術科学者
メインティ・ハークロル…………同乗員。超空間記号論理学者
ロワ・ダントン……………………ローダンの息子
ロナルド・テケナー（ロン）……あばたの男。通称スマイラー
ジェニファー・ティロン…………テケナーの妻
シス＝マト…………………………自由商人。賢者。トプシダー
レノ・ヤンティル………………… "ドレーク" という組織の指導者
ペドラス・フォッホ
マリブ・ヴァロッザ……………ヤンティルの副官

1

すぐに何万もの星々がスクリーンで光り輝きはじめ、グリゴロフ・フィールドは計画どおりに切れた。《カルミナ》は四次元連続体にもどった。映像の光でそれまでなかば暗くなっていた制御ホールが明るくなった。アルコン人が背筋を伸ばすと、シートは瞬間的にその新しい姿勢に合うかたちになった。

アトランの視線は超空間記号論理学者の小柄な姿をとらえた。メインティ・ハークロルは三メートルはなれた席にすわり、スクリーンの映像に集中している。アトランとメインティ、ふたりが見張り役だった。ほかの乗員はみな、自分の仕事に取り組むか休憩をとっていた。オートパイロットで《モンテゴ・ベイ》から得たデータにしたがって《カルミナ》は進んでいる。有機的な力は不要で、メインティとアトランも休むことができ、かれらは操作する必要がなかった。

しかし、二名がここにいるため、船載シントロンは情報を提供する義務を感じていた。「恒星セレス、三光時前方」シントロンは伝えた。「受信したデータはすぐに確認されました。惑星は五つ。もし予期せずにこの星系に飛んできていたら、ここに高度に発達した知的生命体が存在するのを見逃していたでしょう。第二惑星には、受信した情報によると自由商人たちが定住していて、スペクトルは完全に正常値です。低い電磁周波数帯に非熱的ピークはありません……」

「どうでもいい話はやめろ」アルコン人がいらだったようにいうと、シントロンの合成の音声はすぐに黙った。

メインティ・ハークロルが振り返った。

「それはかわいそうですよ」叱責するような口調で彼女はいった。「ただ情報を伝えたかっただけなのですから」

「いまの話はすべて知っていることばかりだ」アトランは、まったく口調をやわらげずに答えた。「知るべきもっと重要なことがある」声を荒らげながら角が落とされたような、こぶし大の光る機器で、コンソールの上に浮かんでいるサーボに声をかける。

「《モンテゴ・ベイ》とコンタクト、大至急！」そういったとたん、スクリーンがもうひとつあらわれ、ロワ・ダントンの姿が見えるようになった。《モンテゴ・ベイ》の司令コンソールにすわり、警戒するような視線で録画装置を見つめている。

「連絡を待っていました」かれはいった。

「解明されていないことが多すぎる」アルコン人がいう。「自由商人の家にはいる前に、だれがそこにいるのか知りたい」

ダントンは考えこみ、うなずいた。船内では、自由商人らしい華美な装飾の服装ではなく、シンプルなコンビネーションを着用している。

「べつの言葉でいえば、フェニックスでなにが起きているのか、それがご質問ですね？」

「そうだ。〝大至急フェニックスにもどってほしい。なにか悪いことが起きている〟というのが、きみが受けたメッセージだった。どういうことなのだ？」

自由商人のいまなお少年のような顔に一瞬、困惑したような笑みが浮かんだ。

「本当はしたくなかった告白をさせようとしていますね」かれはいった。「わたしの考えとしては、フェニックスの状況については、ご自分の体験から判断していただきたかったのですが。ジェフリー・アベル・ワリンジャーが設立した抵抗組織がフェニックスの世界に住みついたとお聞きになったとき、軍事的にきびしく規律正しい集団で……はっきりとしたヒエラルキーがあり、指揮系統が確立した組織が思い浮かんだことでしょう。ちがいますか？」

「故郷銀河にいる未知の敵に抵抗したい者は、みずからを兵士だと考えたほうがいい」アルコン人は真剣に答えた。「きみのいうとおりだ。わたしは軍事的な構造をもつ組織を期待している」

「実際、自由商人はくずの集団です」ダントンは吐きすてるようにいったが、すぐに短く苦笑した。「五千名の知的生物、テラナー、アルコン人、アコン人、グラド、ハウリ人、カルタン人、トプシダー……どうぞ名前をあげてください。すべてそろっていますから。数十もの精神性があり、それぞれ異なっていますが、すべてに共通しているのはひとつ。故郷銀河に進入したいという願望だけ。そこからどうしてきびしい組織がつくれるでしょうか？」

「きみたちはすでに何度も戦いを勝ち抜いてきたといっていただろう」と、アトランはたずねる。「指揮官がだれで、だれの命令にしたがうのかわからないまま、戦えるのか？」

「アラモの戦いのときのテキサス人のように。人類史のその時代を知っていますよね」アルコン人がうなずくと、ダントンはつづけた。「危険が迫ると、自由商人たちは戦いますが、そのほかのときは、基本的に個人主義者です。こんな例はどうでしょうか。ロナルド・テケナーとわたしは、自分たちを自由商人の指導者だと思っています。実際、組織のほとんどの動きは、ロナルドかわたしの行動が源になっています。ところが、指導者という役職はどこにも定義されていません。きょうでも、あすでも、明後日でも、だれかが立ちあがって〝いまからわたしが命令をくだす〟と主張できて、それを了解する者が多かったら、ロナルドとわたしは役職を失います」

「それが起きるのを恐れているのか?」アルコン人は質問した。

「ロンの通信の言葉はそのようにしか解釈できません。われわれはふたりともずいぶん長いあいだ、不在にしていました。この機会を、自己を誇示するためにほかの者が使ったのです」

「だれが?」

ロワ・ダントンは肩をすくめた。

「〝ドレーク〟という組織以外には考えられません。われわれはずっと前から、かれらがこの方向に進むと予想していました」

「それは……」

ここでじゃまがはいった。重要な連絡があるといった口ぶりでシントロンから報告が伝えられたのだ。

「フェニックスから会議コードでメッセージです」

「開始してくれ」アルコン人は命じた。

通信は両艦で同時に受信された。ロナルド・テケナーの傷だらけの顔がスクリーンにうつった。冷静でひかえめな目に、奇妙な輝きが宿っている。

「おかえりなさい、アルコン人」意味深長なほほえみから〝スマイラー〟とも呼ばれるその男はいった。「ずいぶん久しぶりで……」

「われわれはまだ家に帰ってきたわけではない」アトランが話の腰を折る。「会えてうれしい」

そこにロワ・ダントンが割ってはいった。

「きみの通信メッセージは見たことがないほど情報が乏しかったよ」からかうようにいう。「フェニックスに変わりはないかい？」

ロナルド・テケナーの顔がみじめそうにゆがんだ。

「めだった動きがなくて退屈なほどさ」

「退屈さから新しいスポーツが生まれる。権力をつかむための狩りってやつがね」

「狩人はだれだ？」

「レノ・ヤンティル」

ロワ・ダントンはこの回答を予期していたかのようにうなずいた。

「レノ・ヤンティルとはだれだ？」アルコン人がたずねる。

「〝ドレーク〟という組織の指導者です」テケナーが説明した。

＊

《カルミナ》は宇宙の深淵に降下し、輪郭を失い、輝く光の点となり……無数の星のひとつとなった。《モンテゴ・ベイ》の司令室で、アトランはスクリーンにじっと目を向けていた。複雑な気持ちで、みずからの船が数多くの星のなかに消えていくのを眺める。《カルミナ》は軌道上にとどまり、《モンテゴ・ベイ》はフェニックスに着陸しようとしていた。未来はきわめて不確定だ。《カルミナ》にもどったとき、状況はどうなっているだろうか？

かれは、フェニックス＝1に伝令を送るようにメインティ・ハークロルに依頼していた。銀河系船団の集合地点に《カルミナ》の現状を知らせる必要がある。フェニックスは自由商人の世界の名前であり、フェニックス＝1は銀河系船団のメンバーがつねに帰還する集合場所のコードネームだ。ひとつのことを望む気持ちから同じ名前がつけられた。人類の憧れは灰と化し、その灰からいつの日か、太陽神の極彩色の鳥のように輝きながら、故郷は失われていないという確信がよみがえる。そうした思いからこの名前がつけられたのだ。

フェニックス＝1には目下、すくなくとも、ニッキ・フリッケルの指揮する《ソロン》がいる。ひょっとするとほかにも一、二隻の船がもどってきているかもしれない。銀河系船団の各船はつねに移動していて、情報収集、適切な基地世界の探索やクロノパルス壁の調査を進めていた。いずれにしても、集合地点のフェニックス＝1では数時間のうちに、何週間も探していた基地が見つかったことが知られるだろう。将来的には遠征隊の十三隻の船は……そう、《モノセロス》も《バジス》の残骸を見守るという孤独な任務から解放されたらすぐに……惑星フェニックスに駐留することになる。長い時をへて、十三隻の乗員、男も女もそして非人類もはじめて自身の足で……あるいはどんなかたちのものであろうとみずからのもので……宇宙船の甲板のポリマーメタルプレートの上ではなく、自然に生まれた世界の地表に立つ機会を得ることになるだろう。

未知の者としてあらわれた者を相手に長い幻影狩りを終えたあと、ついにロワ・ダントンと対面したとき、アルコン人は安堵の息をついた。自由商人は五千名を数え、かれらは楽園のような世界で暮らしていた。そこは球状星団の星がきわめて密集したところにあり、資格のない者が立ち入ってくることのないような場所だった。そこには十一隻の船で構成された、ちいさくても強力な艦隊があった。自由商人は故郷銀河に進入し、未知の敵を排除することを銀河系船団の乗員と同じように標榜《ひょうぼう》していた。自由商人と手を組むことは〝テラのホールにすむ悪魔〟に立ち向かうための戦力が倍増することを意味した。

すべてが鼓舞される要素ばかりに見えた……ロナルド・テケナーの通達がとどくまでは。すべての希望は無意味だったのだろうか？　その実体がなんであろうと〝ドレーク〟という組織は、こちらの計画をつぶしたのだろうか？

星々の映像が消えていった。記録装置は《モンテゴ・ベイ》が降下して向かっていく惑星に焦点を合わせた。海のブルー、陸地の褐色がかったグリーン、雲海の鮮やかな白……こうしたものがそろって見慣れた光景をつくりあげている。このような世界が、運命の慈悲深い気まぐれで酸素をふくんだ大気をそなえ、大気と恒星の照射の相互作用によって生存に適した温度が発生したせまい区域に生物が住みつく世界なのだ。

はるか彼方に不規則なかたちをした細長い巨石が浮遊していた。これはカロンという、惑星のふたつの衛星のうち、ちいさいほうの衛星だ。大きいほうのステュクスはフェニックスのうしろにあって、この角度からは見えない。ステュクスとカロン。この名前を思いついた者は、どれほどの諦念と、おそらくは絶望で心があふれていたのだろうか！

ロワ・ダントンはフェニックスを楽園のような世界だと説明していた。この映像からかれの言葉の正しさがわかる。《モンテゴ・ベイ》は赤道付近の北側にある深いブルーの海から突き出した、円形に近い陸地に向かって降下していった。この大陸はボニンと呼ばれ、自由商人たちはそこを住処としていた。ただひとつの集落のマンダレーは南東の海岸にあり、そこは赤道から十二度の位置にあった。ボニンは、はるか南のウォルビス・ベイから最北端の岬のノールカプまで三千八百キロメートルにわたる大陸だ。

ボニン、マンダレー、ウォルビス・ベイ。テラナーの昔の故郷の記憶がこれらの名前に宿っている。〝アラモの戦いのテキサス人のように〟と、ロワ・ダントンはいっていた。亡命すると歴史認識が育《はぐく》まれるのだ。

大陸の中央で中央高地は雲をまとい、そびえ立っていた。巨大な山脈の頂きは六千五百メートルもの高さがあり、多くの岩の尖峰は万年雪におおわれている。《モンテゴ・ベイ》は惑星の自転に遅れながら、山々に向かって滑りおりていった。巨大な岩の塊りの下には視覚的な発見や探知から守られたかたちで自由商人の宇宙港があった。ダントンの言葉を信じるなら、技術的な建築の傑作で、中規模の宇宙船の艦隊用に設計されていた。自由商人の十一隻の宇宙船にくわえ、銀河系船団の十三隻をなんなく収容できそうだった。

雨をふくむ雲が数秒間視界をさえぎったが、すぐに深く切りこまれた谷が見えてきた。谷底には湿った霧がたまり、急斜面は道なきジャングルにおおわれている。奥底では猛烈な勢いの河の流れが岩をけずっていた。羽が沈んでいくように《モンテゴ・ベイ》は垂直にそびえ立つ巨大な岩壁に向かって滑るように飛んだ。岩が動きはじめ、巨大なゲートがあらわれた。明るく照らされた直径五百メートルを超える坑が、ななめに深部に向かってのびていた。

数分後、船は停止した。探知から守られた衝撃フィールドの上に、ほかの三隻とともに驚くほど巨大なホールで静止する。頭上一キロメートル以上のところに光り輝くクリスタルがちりばめられた天井が弧を描いていた。太陽灯がまさに太陽のように浮遊している。ホールは楕円形で、長軸は優に十キロメートルもあった。四隻の宇宙船はその大きさにもかかわらず、広大な空間のなかでは消えてしまいそうだった。

船の一隻が、かなりちいさいが《モンテゴ・ベイ》と似た構造をしていることにアルコン人は気づいた。球状の船体の直径は百メートル強。球の下半分には無数のくぼみがあり、怪物の眼窩《がんか》のように暗く虚空を見つめている。南極の近くはまるく切り抜かれ、怪物の口になっていた。船体の表面はくすんだ明るいグレイで、赤道面の下部にある円形のくぼみの上に《ブルージェイ》と名が刻まれていた。

「船長はレノ・ヤンティルです」ロワ・ダントンは、アトランが興味を感じているのに気づいて説明した。「〝ドレーク〟という組織のメンバー全体が乗員です」

二隻めの船はまぎれもなくハウリ人のものだった。操縦士にしっかり停める時間がなかったかのように、衝突フィールドにななめにぶらさがっている。典型的なのは、こん棒形の船首部分と、樽のような船尾、船首と船尾を結ぶ非対称の細いチューブだ。全長二百五十メートルだろうとアルコン人は推測した。

第三の宇宙船のタイプは未知のものだった。上下がたいらでまるく、全長約二百メートル、甲板には多数の構造物がとりつけられている。重トランスフォーム砲の放射プロジェクター二台もアトランは確認した。

《モンテゴ・ベイ》の乗員たちは上陸のため準備をしていた。色彩豊かなスーツが太陽灯の光に照らされて輝き、男女は人工重力フィールドのゆるやかな引力のなかで船底エアロックから浮遊していく。奥にロボット制御のグライダーがあらわれ、こちらに飛んできた。それぞれ五十名乗せている。《モンテゴ・ベイ》の乗員を運ぶには九台が必要だった。この輸送システムをアトランは非常に効率的だと思った。これは明らかに自由商人たちを最低限の時間で宇宙船から移動させるために設計されている。惑星フェニックスの小部隊は、つねに出動準備がととのった状態だ。

九機の飛翔機はホールをはなれ、天井が低く幅のひろい横坑を数百メートル進んでふたつめのちいさな岩の部屋にはいった。ただし、このときはじめて本当にアルコン人の目に涙があふれた。横坑の出入口の向かいにある長い壁沿いに、前面が開いていたキャビンがすくなくとも八十以上ならんでいる。《モンテゴ・ベイ》の乗員はグライダーから飛びおり、アーチのゲートフィールドに消えていった。その過程はとてもスムーズで何百回も訓練したことがわかる。二分もしないうちに岩でできた空間は無人になった。のこったのはアトランとロワ・ダントンだけだ。九機のグライダーは横に移動し、洞穴の奥の駐機場に停まるほかの機器と合流した。

「息をのむようだ」アルコン人はいった。「短時間のうちにUSOも誇っただろうと思われる施設をつくりあげたものだな」

「お世辞ですね」ダントンはかすかにほほえんで答えたが、その笑みはすぐに消えた。

「ジェフリー・ワリンジャーがいなかったら、できませんでした。かれが技術を提供してくれました。転送機はあなたの記憶にあるものよりはるかに優秀です。なによりも探知可能な散乱信号を発生しなくなったのです。ここまでの成功は、まず二点にもとづいています。反応の速さと基地の発見のしにくさです」

キャビン上部のアーチゲートフィールドが次々と消えたが、ひとつだけ転送機が作動していた。センサーは、まだ二名が搬送をまっていることを検知していた。

「先にいっていいでしょうか」ロワ・ダントンがいって、キャビンに足を踏み入れた。

キャビン右側の柱にちいさな制御盤が組みこまれていた。一瞥《いちべつ》しただけでアトランは八十のキャビンのうち、このような設備はひとつしかないと気づいた。ロワ・ダントンはコンタクトボタンにどんどん触れていく。

「指導者の特権です」と、ほほえむ。「ほかの者は全員、マンダレーの中央転送ステーションを通過しなくてはなりません。指導者だけは自宅に小型の私用転送機があるんです」

かれはキャビンに足を踏み入れたとたんに姿を消した。アルコン人はためらうことなくあとを追った。非実体化の痛みは軽かった。目の前にはひろびろとした、居心地のよさそうなしつらえの部屋があった。ふたつの大きな窓からやわらかな日差しがさしこんでいる。ロワ・ダントンは部屋のすみに設置された小型転送室から数歩はなれたところに立っていた。アトランはせまいアーチのゲートフィールドの下から外に出た。異国的な植物の藪の陰から二名の人類があらわれ出た。自身の時間感覚では一年前に惑星サバルで最後に会った二名だ。一方、ジェニファー・ティロンとロナルド・テケナーにとっては、その間に約七百年が経過しているのだ。

アルコン人はジェニファーに抱きつき、頰に口づけをし、テケナーとは力強く握手を交わした。なにかいいたかったが、こみあげてくるものがあり声が出ない。目から涙があふれるのもそのままにしていた。

ジェニファー・ティロンとロナルド・テケナーは変わっていなかった。ふたりは細胞活性装置保持者だ。アトランはもうひとりの細胞活性装置保持者のことを考えた。かれとはもう二度と握手することのない、ジェフリー・アベル・ワリンジャーだ。

「あらためてあなたを歓迎します、人類の友よ」テケナーはいった。「あなたのいうとおり、われわれの故郷はまだ遠い。ですが、立ちはだかる障害を乗りこえ、いつかまたアルコンとテラの姿が見られるでしょう」

アトランはうなずいた。テケナーの言葉のなかで不安が揺れているのを感じる。

「その障害のひとつが、ここフェニックスにあるようだ」のどのつかえがおさまって、ようやくかれは返事をした。「〝ドレーク〟という組織について教えてくれ」

＊

小型のロボット・サーボが飲み物と軽食を運んできた。フェニックスでの暮らしは快適だった。ここで提供されるのは、世界的に名高いテラニアのゲンギス・アヴェニューにあるデリカテッセンの店の料理のようだった。恒星は地平線にかたむいていた。光はふたつの窓からななめに注《そそ》ぎ、その二重の偏光は日の光が弱まるにつれてその効果を失っていった。

「〝ドレーク〟のメンバーは向こう見ずで、無鉄砲で、暴《あば》れ馬です……どう呼んでもかまいませんが」ドナルド・テケナーは話をはじめた。「組織には五十名のメンバーがいて、全員テラナーかテラ系の人類です。なにかが炎上している場所にいけば、〝ドレーク〟のメンバーに出会えます。かれらはふつうであれば自由商人の敗北に終わっていたような戦いを、すでに何度もわれわれに有利なかたちで決着させてきました。かれらは大胆な行動を敵にしかけ、不意をついて敵を驚かせるのです」

「たんなる無鉄砲ではないということか」アトランは考えこんだ。「思想家であり戦術家でもあるのか」

「レノ・ヤンティルは天才です」テケナーは率直に認めた。「かれのふたりの副官のペドラス・フォッホとマリブ・ヴァロッザも愚鈍ではありません」

からかうような笑みがアトランの顔に浮かんだ。

「ここでちょっと悪魔の弁護士のゲームをさせてくれないか。もしレノ・ヤンティルがそれほど天才なら、かれが自由商人の指導者になってなにか支障があるだろうか?」

ロナルド・テケナーは即答せず、かわりにジェニファー・ティロンが口をひらいた。

「レノ・ヤンティルには信条がないのです。かれが群衆のなかに跳びこんでいくときは、いいことをしたいからというわけではなく、世間に自分に勇気があることを知らしめたいからなのです。指揮権をとろうとするのも、ロンやロワよりも自由商人のいい指導者になれると思っているからではなく、その地位は自分にあたえられるべきものだと考えているからなのです」

「かれはどのように自由商人のところにきたのだ?」アトランは質問した。

「ほかの者と同じように」ロワ・ダントンがいう。「自由商人の約七割はジェフリー・ワリンジャーのかつての患者でした。かれらはクロノパルス壁に向かっていき、理性を失い、どうにか惑星サトラングへの道を見つけました。ジェフリーはかれらを治療し、故郷銀河を奪回する仕事につかせた。のこりの三十パーセントは、〝サトラングの隠者〟の警告をタイミングよく聞き、好奇心から誘惑されてサトラングに飛んだのです。ジェフリーはかれらを受け入れ、気づかれることなくかれらの本心を見きわめました。そしてふさわしいと思った者には、自由商人の組織にくわわることを勧めました。その提案を受ける者もいれば、受けない者もいて、かれらはいつでもどこでも自由な行動をすることが許されました。レノ・ヤンティルとふたりの副官、また〝ドレーク〟のメンバーの大部分はこの三十パーセントの者たちです」

「ヤンティルはどのようにきみたちから主導権を奪うつもりなのだろうか？」

「レノ・ヤンティルは組織内で公職についています」テケナーが答えた。「行動調整官です。つまり各出動部隊に任務を割り当てるのです。ロワは何週間も不在でした。レノはこのときを利用して、七つの出動部隊に新しい指示を出しました。七つの部隊は宇宙船で航行に出ています。もちろん、レノはおもにロワとわたしの側に立つ自由商人を追いはらったのです」

「こんど、かれは総会を招集します」ジェニファーが報告を引き継いだ。「反対票を投じると思われる者はかれにすでに追いはらわれています。のこりは中立派かヤンティル支持派です」

「かれはいつでも総会を招集できるのか？」と、アトラン。

「すくなくとも千名の自由商人が出席すれば、総会の議決権は満たされ、すくなくとも五百名が要求すれば、総会は招集されます。五百名の署名を集めるのは、レノにとってはそれほどむずかしくないことでしょう」

「しかし、目下、かれはその提議をしていないのだな」アルコン人が訊ねた。

「いつ提出されてもおかしくありません」テケナーは答えた。「わたしは一昨日もどってきました。ロワは半時間前です。レノはわれわれの不在のあいだに総会を開くこともできたでしょう。ですが、それは形式にのっとっておらず、形式どおりではないことをレノはきらうのです。わたしは……」

そこでじゃまがはいった。インターカムからしずかに通達がはいった。

「レノ・ヤンティルが、ここにいる者と面会したいとのことです」サーボのやわらかい声がいう。

テケナーとアトランの視線があった。

「いつ提出されても、といったでしょう?」顔に傷跡のある男は問いかけ、口元に苦笑を浮かべた。

＊

レノ・ヤンティルは長身痩軀《そうく》で運動家タイプの体形だった。漆黒の直毛の長髪は肩までとどいている。こちらを見つめる大きな黒い瞳には思いやりなどは感じられない。鼻はたくましく、分厚い唇はつねに嘲笑しているようにゆがんでいる。着用しているのは、からだのラインが見えるような合皮の黒いコンビネーションで、襟は大きく開かれ、胸の剛毛が露わになっていた。手の甲もやはり毛深い。肌の色はオリーヴグリーンを帯びた深い褐色だった。アトランは、レノ・ヤンティルは自身の種族の女に好ましく思われているのだろうかと考えこんだ。

テケナーの家にあらわれたのは、インターカムにつながったコンピュータが生成したホログラムの映像にすぎなかった。この映像は充分、ほんものらしかった。ただ、やわらかい毛並みの床の敷物が男の体重がかかってもまったく動かないという状況だけが、これがただの幻影だということを証明している。

レノ・ヤンティルはアルコン人に向かって軽くお辞儀をした。

「あなたが長いときをこえて故郷への道を見つけたという話を聞きましたよ」かれの声は深く、よく響いた。その言語はテラ語だった。「全員を代表して、歓迎します」

「感謝する」アトランは返事をした。「また仲間とすごせて、うれしい」

これにはヤンティルはなにも返答せず、突然ダントンとテケナーに向きなおった。

「情報は知っているだろう」かれは話しはじめた。「だから長々しい前置きも必要ないだろう。早期に総会を招集するようもとめる、五百名をこえる自由商人の署名がある。署名はコンピュータに保存されているから、いつでも確認可能だ。総会の日程を決めたいだろうか、あるいはこちらで引き受けようか」

「なにを総会で議論したいのだ、レノ？」テケナーが質問した。

「きみたちに対する不信任動議についてだ」ヤンティルはためらうことなく答えた。

「組織の指導が非効率的で、なれあいになっている。そろそろ新しい者がトップに立つべきときだ」

「たとえば、きみ、レノか?」

「どうして、わたしではいけない?」かれはむだな謙遜をしなかった。「総会でそれは決定されるだろう」

「われわれが通知する」ロワ・ダントンが説明した。「七十二時間という通常の期間は守る」

「もっと早く進めることも可能だ」と、レノ・ヤンティル。

「きみが派遣した船の一部が早くもどってきてしまうことが不安なのか?」ロナルド・テケナーはにやりとした。「七十二時間だ、レノ。それで決定だ」

「それでいいだろう」黒衣の男はいった。かれの姿が薄くなり、消えた。

テケナーのひろい居室はしばらくしずかだったが、アトランが口火を切った。

「かれは好感をいだける仲間ではまったくないな。傲慢さが表情に出ている」

「自分が最高だと思っているのよ」ジェニファーは嘲笑した。「知性ではだれも自分におよばないと」

ロワ・ダントンは嘆息して立ちあがった。

「今夜は再会を祝うという大事な用があったのに」かれはいった。「かわりにレノの陰謀に対処しなければならないとは。すみません」

「謝ることはない」アトランは声をかけた。「わたしはきみたちの味方だ。そこに疑いの余地はないだろう。自由商人のなかで、発言に重みがあって、きみたちの側に立つ者がまだ数名はいるはずだ。ヤンティルが全員を追いはらうというのは不可能だ。そうだろう？」

テケナーとダントンは顔を見合わせた。

「賢者シス＝マトがいます」ダントンはなかば声に出していった。「ホーケン・ステル、ピー＝ジー＝ヒル、プラコ・ダン・モラト……」

「賢者は忘れるんだ」テケナーが助言する。「賢者はこうしたことには手出ししたがらない。ほかの三名はきっと役にたってくれる。レノはあえて、かれらを追いださなかった」

「三名を呼んでほしい」アトランが提案した。「作戦会議を開かなくては」

「サーボ、名前を聞いていただろう？」ロナルド・テケナーが声高《こわだか》に呼びかけた。

「ホーケン・ステル、ピー＝ジー＝ヒル、プラコ・ダン・モラトですね」サーボが確認した。

「かれらを呼んでくれ」テケナーは指示した。「話がしたい」

数秒がたって、サーボがまたメッセージを発した。

「三名とも連絡がつきません」

テケナーは立ちあがった。「だれも？」

「はい」と、返事があった。「カム＝サーボに問い合わせました。ホーケン・ステルは五十時間前から、ピー＝ジー＝ヒルは五十五時間、プラコ・ダン・モラトは三十八時間、通信に応答していません。三名の現在の居場所に関してはまったく情報はありません」

ロナルド・テケナーは前方をまっすぐ見つめていた。だれもひとことも発しないまま三十秒が過ぎたとき、スマイラーの顔にあらたな表情が浮かんだ。悪意のこもった笑みで、歯が見えるほど唇をゆがめている。

「レノ・ヤンティルがかかわっている」と、うなる。「まだわれわれの味方であって、ほかの者もその声を尊重するような数名をかたづけたのだ」

突然、かれは手をたたいた。唇を閉じ、ライトブルーの瞳に光が宿った。

「友よ、行動しなくては！」かれは呼びかけた。「レノはやりすぎた。ホーケン、ピー、プラコ。かれらはどこだ？　かれらが見つかったら、レノはおしまいだ！」

2

ジャングルにおおわれた平地を、黄褐色のセルヴァ河がゆったりと流れていた。河幅は、デルタ地帯から百二十キロメートル上方のこの地点で二キロメートルあり、デルタ地帯を抜けると赤道付近の北側の海に注ぎこむ。

セルヴァ河河畔に、自由商人は完全にロボット化された製造施設を設置していた。自然には充分に配慮して、大規模な伐採はおこなわれなかった。製造複合体の設備のサイズは規格化されていた。かつてだったらそこは巨大工場と呼ばれただろう。各工場は、できるだけちいさな空き地に建てられ、工場から工場までの最短距離は五キロメートルだった。森を切り開かなくてはつくれないような道路はない。用事がある者は、グライダーでやってきた。

かれらはぼんやりしたシュプールを発見していたが、実際それはネガティヴなシュプールだった。セルヴァ河畔のロボット製造施設の監督官であるホーケン・ステルは、三週間前に最後の検査を終えていた。しかし、かれの習慣では検査は二十日ごととなっていた。

そのため、ステルはひろい製造施設のどこかで発見できるのではないかと推測された。

検査のさいには、ホーケン・ステルは製造複合体の十六の工場ホールをすべて訪れ、機器の機能に問題ないかをつねに現場で確認する。もちろんポジトロニクスやロボットの動きはつねに監視されていて、ホーケン・ステルのもっとも重要な道具であるコンピュータ記憶バンクには、巨大な製造システムのちいさな要素の状態や性能についてまでも監督官に最新の情報を伝える、大量のデータが絶え間なく流れこんでいる。しかし、ホーケンはそれでも現場での検査はまだ必要だと考えていた。

この製造施設では、宇宙船や武器システムの補充品、ときには兵器システム全体、とくに自由商人の私用するグライダーをつくっていた。製造工程に必要な原材料は核合成で用意された。それに適合する施設は地殻の三キロメートルの深さにあり、天然ガス鉱床から、核合成の源の物質である水素を抽出していた。

ロワ・ダントンのグライダーが早朝に着地した工場の入口には〝1〟の数字があり、自家用グライダー生産の場所となっていた。アトランは飛翔機から降りて周囲を見まわした。工場建設のために森を切り開くことになった長方形の敷地を未知の恒星が明るく照らしている。素朴な建物で装飾もない。縦三十メートル、横五十メートル、高さ八メートルで、屋根はわずかに傾斜していた。河に面した側では、真新しいグライダーが日の光を浴びて輝いている。耐食性のポリマーメタル製で、所有者の手にわたるのを待っていた。自由商人の組織は貨幣を使用していなかった。メンバーはわずか五千名で生活に必要な品もすべて豊富にあったため、それが可能だったのだ。新しいグライダーが必要な者は、知人にここに連れてきてもらい、手に入れられた。

森は地球やそのほかの酸素世界の熱帯雨林とほとんど変わらない。素人目には、種の多様性や奇妙さもまったく意味をなさない。空き地をとりかこむほとんど侵入不可能なグリーンの壁を見て、藪からのぞく花の鮮やかさを楽しむくらいだ。ジャングルは音に満ちていたが、専門家でなければ、やはり自身が異質な世界にいるということに気づかないだろう。羽のはえた生物がけたたましい声をあげながら、飛びまわる。あちこちで、ワシののどから聞こえそうな、甲高《かんだか》い鳴き声が響いている。グリーンの回廊の中央あたりの高さでは、サルの群れが暴れているかのような声がして、下草からは低くうなるような声が聞こえていた。

ロワ・ダントンは工場のドアを開けた。この瞬間、森のすべての音が聞こえなくなった。建物のなかで響くさまざまな轟音《ごうおん》にかき消されたのだ。ここではロボットが作業していて、防音設備はまったくなかった。アルコン人は無数の機器や部品に目を奪われた。人類にとってはとほうに暮れるような混沌とした、渦巻くような騒々しさだった。ロボットは有機的な生物とは異なる原理で思考する。必要なデータがすべてシントロンの意識に定着していれば、状況を見失うことはない。右手で大きなゲートが開き、ちょうど完成したばかりのグライダーが押し出されてきた。十二機ある、とアトランが数えたとき、グライダーは外の駐機場で停まった。

この騒音のなかでは会話はほとんど不可能だ。ロワ・ダントンは無言で、工場のすみにある壁が透き通った小部屋を指ししめした。そこに近づくと、ガラスの壁の向こうにコンソールや簡易な長椅子、飲食糧を製造できる自動供給装置があるのにアトランは気づいた。一部は人類の背丈ほどのプラスティックの壁でおおわれている。衛生設備があるのだろう。ホーケン・ステルは自身の責任と真剣に向かいあっていた。なにか憂慮すべき事態があると思ったら、ここで丸一日すごすこともいとわなかった。

この小部屋にはちいさな防音装置がついていて、なかはとてもしずかだった。ダントンはコンソールに近づいていった。

「ホーケンがここにきていたなら、コンピュータにログインしたでしょう」

デジタル時計は九時二十一分を指していた。フェニックスの一日は二十四時間制だ。これもまたテラナーの大きな影響が日常生活に刻まれている証拠のひとつだ。フェニックスの一日は標準時間で二十八・五三三時間。つまりフェニックスの一時間は標準分で七十一・三三三分になる。

「見てください!」ロワ・ダントンが声をあげた。

コンソールの上にちいさなスクリーンがあらわれた。二行の簡潔なデータから、ホーケン・ステルが六十五時間前にここにきて、記録したことがわかった。

「ずいぶん前だな」アトランはいった。「いつもかれは、それほど長くこの施設ですごすのか？」

「いつもではありませんが、以前にもありました」

「ここからほかの工場と話ができるだろうか？」

「もちろん。全体通話システムを使います」

フェニックスのほとんどすべての通信は有線だった。これを使用することで自由商人は、恒星間ほどの距離があっても、技術的に発展した文明がある世界を認識できる電波帯域の強力な非サーモ放射が発生するのを阻止しているのだ。

ロワ・ダントンが必要な調整をするあいだ、アトランは部屋を見てまわった。寝椅子は木製の原始的なものだった。クッションは安物のフォームプラスティックで入手しやすい洗濯可能な合成素材のカバーでおおわれている。洗濯できる点については、どうやらホーケン・ステルはとくに考えていないらしい。カバーは二年も前に緊急にクリーニングが必要だったようだ。アトランはかがんで、近くでその素材をたしかめた。汗臭かった。

さらに木枠に染みがあるのを発見した。褐色がかった染みで、グレイの短い毛が二本張りついている。粘り気があるようだ。

「応答がありません」ロワ・ダントンはいった。

「かれは帰宅したかもしれないな？」

「そちらもためしてみました」ダントンの声に落胆の響きがこもる。「家でも応答はなく、カム＝サーボに新しい情報ははいっていません」

アトランは人差し指を曲げて友を呼んだ。

「ホーケン・ステルになにがあったかわかった気がする」かれはいい、べたついた染みを指ししめした。「かれの髪の色は？」

「グレイです」

「見てくれ」

ロワ・ダントンは染みを近くから見たが、触れないように注意した。

「血だ」

「確実に。だれかがここにはいってきて、ホーケンをパラライザーで撃ったのだ。ホーケンはたおれ、頭を木枠にぶつけた」

「そうだったにちがいありませんね」ロワ・ダントンは低い声で答え、からだを起こした。

「現場を分析させよう」と、アルコン人。「だれの血か、いつからあるのか、かんたんにたしかめられる。なによりも、ホーケンが行方不明だと伝えるのだ。おそらく数名がはっとするだろう。そのなかにきっとレノ・ヤンティルもふくまれる」

ダントンはうなずき、問いかけるようにアトランを見つめた。

「いい案ですね。ですが、あなたはこの件から手を引きたいように聞こえます」

「すくなくとも当分のあいだはな」アルコン人は認めた。「犯罪捜査学の専門家としては、わたしはまるで向いていない。昨夜、賢者シス＝マトの名が出たが、かれはこちらの味方だろうか？」

「はい、ただし、かれは隠遁生活をしていて、そのため……」

「隠遁生活をする権利について異議を唱えるつもりはない」アトランは口をはさんだ。「しかし、もしホーケン・ステルの運命から学ぶところがあるなら、賢者もまた危険にさらされていると考えなくては。かれの居場所を教えてくれ」

＊

そのちいさな町は山地の麓《ふもと》のなだらかな丘にあった。斜面は海岸に向かって傾斜していて、海岸近くに百五十年ほど前に最初に建てられた家々があった。もともとこの地域は、薮や木々にまばらにおおわれた草原だった。自由商人は植林もしたのだ。道路はなく、植物のなかを曲がりくねった歩道がのびているだけだ。建物はたがいにはなれていて、敷地面積は平均一ヘクタールある。道を歩いていても、ほとんどの家は見えない。

木々にかくれているのだ。工場〝1〟で製造されたグライダーに乗ってきたアトランは、地上五十メートルの高さで町に接近し、全体を見まわしながら飛んでいた。

それぞれの種族の風習にしたがって家は建設されていた。アルコンの漏斗《ろうと》形の家やテラの長方形の建物、カルタンのまるい家、ハウリが居心地よくすごす、入り組んだ構造物が見える。町の中心には円形の集会ホールがあった。直径八十メートルで円錐形の屋根は四十メートルの高さがある。周囲は広場になっていて、飛翔機が何十機も停まっていた。広場の南東の端には、正面が広場に沿って弧を描いている、細長い平たい建物がある。そこが中央転送ステーションだ。きのうの午後、《モンテゴ・ベイ》の乗員たちは、宇宙港からここに移送されたあと、この建物のドアから出ていったのだった。アトランはグライダーを転送ステーションのすぐそばで着地させて外におりた。暖かく湿った空気につつまれる。恒星セレスは、いまは雲のうしろにかくれていた。海からそよ風が吹きこみ、木々の葉を揺らしている。鳥のさえずりも聞こえるが、それ以外はしずかだった。

自由商人はほとんど家にいないということを考慮しなくてはならない。たいていはつねに外出していて任務に取り組んでいる。その内容についてアトランはすぐに情報を得たいと考えた。統計的な分析をしたところ、任意の時間にフェニックスには自由商人の組織のメンバーは平均して千八百人しかいなかった。つまり三十六パーセントにすぎない。大半の家は留守で、そのためしずかだということも驚くような状況ではなかった。

アトランは徒歩で海岸に向かった。シス＝マトは生物学的な年齢において最古老の自由商人だった。かれはロナルド・テケナー、ジェニファー・ティロン、ロワ・ダントンとともにこの世界におり立った。それはダントンとテケナーがジェフリー・ワリンジャーを説得し、ワリンジャーが設立した抵抗組織は拠点をサトラングではなくべつの世界に置くべきだと納得させたあとのことだった。

アトランは荒れ果てた公園のような庭園のわきを通り過ぎた。鳥のさえずりがつづき、イタチとリスが混ざったような毛のはえた生物が、前方をかすめるように走った。恒星がまた顔を出した。虫が鳴いている。しかし、どこにも知的生命体の声は聞こえない。晴れでも雨でも、寒くても暑くても、いつも声を張りあげて騒いでいる子供たちはどこにいるのだろうか？

かれはその答えを知っていて、そのせいで憂鬱だった。ロワ・ダントンから聞いた話では、各自由商人がもてる子孫の数について決める規定はなかった。そもそもフェニックスには規定がほとんどない。マンダレーの住民は子孫を断念することをみずから決定したのだった。将来がきわめて不確かに感じられ、あえて子孫をのこそうとしなかったからだ。ときには善意が水泡に帰すこともある。この問題は、ほかのほとんどすべての事象と同じように統計学の法則にならっていた。しかし、マンダレー全体で未成年者は八十名をこえていなかった。

波は安定したリズミカルなざわめきの音をたてながら、古代の歌を歌う。その旋律はどんな世界でも変わらない。アトランはロワ・ダントンから聞いた道順を思い起こした。小道が三つ叉になったら左へつづく道を進む。そこでせまい通路があるだけの垣根に出た。奥には木々がまばらに立っていて、そのあいだから海が見える。海岸近くは碧青色《へきせい》のよく澄んだ海だった。シス＝マトが理想的な場所を住処に選んだのはだれもが認めるところだろう。

木々の向こうに賢者の住処があらわれたとき、アルコン人はあっけにとられた。家は高さ十メートルほどのグレイの岩の塊りだった。底辺の大きさは縦二十メートル、横三十メートルほどだろうか。表面は加工されていない。この巨大な岩を山から岩のすくない海岸まで引きずってくるのは、それなりの労力がかかったにちがいない。岩の足元に暗い穴があり、そこが出入口だった。さらに岩の上のほうには、ちいさな穴が不規則にいくつも開いている。おそらく窓だろう。

アトランはさらに歩いた。低い木の梢から……すくなくともかれにはそう見えた……声をかけられた。

「シス＝マトと話したいのですか、異人よ？」

それはインターコスモで、奇妙な、ざらついたアクセントがあった。

「そうだ」アトランは返事をした。

「シス＝マトはあなたを知っています。ほかの者だったら、すくなくとも六時間前に連絡してほしいとたのむところですが、不死のアルコン人をシス＝マトはいつでも歓迎します」

＊

わずかに傾斜のある岩の通路が暗い穴のなかを上へとつづいていた。通路を出ると、不規則な間取りの照明の明るい部屋だった。外から見えていた穴のひとつから恒星の光がさしこんでいる。しかし、実際に部屋を照らしているのは、粗削りの天井の下に浮かぶ球状のふたつの照明だった。

部屋はものが多く、異国ふうだった。色彩豊かなカーペットが床をおおい、岩壁にもかけられている。奇妙なかたちの彫刻が低い台の上にのっている。すわったり横になったりできる細長い三つの家具は、テラのソファのようだった。

岩屋の主はソファのひとつにすわっていた。その姿はトカゲに似ている。顔は、大きく動く半球形の目で占められていた。唇は薄く、角質のようで、不規則な間隔で裂けていて、先が分かれた細い舌がのぞく。シス＝マトは、トカゲ生物の皮膚は、一部が漂白されたような褐色の鱗《うろこ》におおわれていた。熱帯気候を考慮した、ゆったりとした色彩豊かな衣服を着用していた。尾には明るい褐色の毛でできた筒をかぶせている。この住居は空気調整がされていなかった。分厚い岩がすぐれた断熱材となっているのだ。

「トプシダーを見て驚きましたか?」アトランが出入口で、しばらく無言で立ちつくしていると、賢者がたずねた。

「こんにちは、シス＝マト」と、アルコン人は挨拶をした。「本来、あなたの名前から、出自を知るべきだった。ところが、わたしの頭のなかはほかのことでいっぱいだった。あなたがどこの出身か、お宅を見てやっと気づいたよ。トプシダーほど、自然の産物を、外見を変えることなく使えるかたちに変えられる者はいない」

「どうぞおかけください、アトラン」シス＝マトは六本指の手で、かれのそばにあるソファを指ししめした。「帰還してくださり、うれしいですよ。噂はよく聞いています、いい話ばかりです。同時に、興味も感じます。どうしてここを訪ねてきたのですか?」

アルコン人は破顔した。

「きみは賢者と名乗っているな。訪問の理由は知っているだろう?」

「たしかに、そう呼ばれています」シス＝マトは認めた。「わたしは自分の種族のだれよりも年よりです。標準年で三百八十歳。知恵は年の功だという。では、一万年を超える年齢のあなたよりもわたしがまさっているところなどあるでしょうか?」

「きみは自由商人の組織を熟知している」アトランはいった。「かれらとともにきみは育った。〝ドレーク〟のメンバーの正体も、計画も、計画を頓挫《とんざ》させる方法も知っている。助言をもらいたい。わたしはここでは新参者だ。勝手がわからない。ただひとつだけわかっていると思うのは、もしレノ・ヤンティルの計画が成功すれば、まもなく自由商人はいなくなるだろうということだ」

トカゲの表情を解釈するのはむずかしかったが、アルコン人には、半球形の目に親しみのこもったからかいの光が宿っているように見えた。

「ホストらしく、シャハラタクをいっぱいご馳走したいところですが」シス＝マトはいった。「ですが、アルコン人の胃袋はそんな代物は受けつけないと聞きました。さあ、話を聞きましょう。レノ・ヤンティルは総会を招集し、現在の指導部に不信任を突きつけようとしていますね。レノ・ヤンティル自身が指導者になりたがっています。もし成功したら、それはそれほどひどいことでしょうか？」

アトランは昨夜の自分の言葉を思い出しながら返事をした。

「レノにはすこし会っただけだが、ひどく冷笑的で傲慢だ」かれはジェニファー・ティロンの言葉を思い出していた。「自由商人のことなど気にしておらず、ただ個人的な栄誉をもとめている」

「そのとおりです」賢者は同意した。「それで、わたしになにを期待しているのですか？」

「ロワ・ダントンとロナルド・テケナーは、きみを味方だと思っている。自由商人たちはきみの言葉は聞くだろう。かれらからきみは賢者と呼ばれている。そしてまちがいなく、きみは賢い。もし、きみが総会で現在の指導者たちを支持したら……」

シス＝マトが手をあげ、かれは黙った。

「わかりました、アトラン」と、シス＝マト。「ご要望にお応えしたいと思います。レノ・ヤンティルに指導権を握られれば、われわれ全員の不利益につながります。わたしに子孫はなく、この命も長くはありません。しかし、自由商人は善良な目的のために集まりました。それは放棄してはなりません」

アトランはこれほど早く目的に達するとは思っていなかった。しばらく黙っていたが、とうとう口を開いて話しはじめた。

「きみが本当に、われわれの有利になるように話をしたいなら……」

「なるほど！　〝われわれの〟有利になるように、と、かれもいいますね！」賢者は甲高い声をあげて話をさえぎった。「あなたは自分もダントンとテケナーの仲間に数えていますね？」かれはアトランの困惑した表情をどう解釈したらいいか、わかっていたようで、すぐにこうつづけた。「なんという質問をしたことか！　老いた者を許してください。もちろん不死者たちはつねに団結していますよね」

「われわれは十三隻の強力な宇宙船とともにハンガイ銀河から帰還した。自由商人にくわわり、フェニックスにわれわれの船を駐留させるつもりだ」

こんどはシス＝マトが驚く番だった。

「それは知りませんでした」かれは認めた。「それはいい材料ですね。しかし、お許しください。先ほどは話の腰を折ってしまいました」

「警告しておきたい。テケナーとダントンが自分たちの味方に数えていた三名が、すでに姿を消している。ホーケン・ステル、プラコ・ダン・モラト、ピー＝ジー＝ヒルだ。それほど想像力をたくましくしなくても、レノ・ヤンティルがかれらを消したと考えられる」

角質でできた唇が開き、先割れの舌が先刻までよりも熱心に動いた。

「つまり、わたしも消されるだろうと？」

「まさに」

シス＝マトは背筋を伸ばし、毛皮の筒にはいった尾を、音をたてて床に落とした。

「警告に感謝します、アルコンの友よ」賢者はいった。「自分でもそのようなことを考えなかったわけではありません。注意します。それから、ひとつ考えておいてください。もし賢者が消えたら、マンダレーは地獄と化します。そんな大胆なことはレノ・ヤンティルはしないでしょう」

アトランは老トプシダーの楽観的な考え方には賛成できなかった。しかし、シス＝マトが立ちあがったことで、別れのときだと察した。

「ご理解に感謝する。レノ・ヤンティルに対するきみの評価はどうでもいい。きみが自身に注意を向けることが、われわれ全員にとって利益につながる」

賢者はなにも返事をしなかったが、かわりにこういった。

「わたしからも助言があります、アルコンの友よ」

「なんだろうか？」

「ヤンティルの副官について聞いたでしょう？」

「ああ、ペドラス・フォッホとマリブ・ヴァロッザだな」

「そうです。フォッホに気をつけてください。レノ・ヤンティルの頭のなかをかけめぐるアイデアの多くは、実際はペドラス・フォッホのものなのです」

アトランはうなずいた。

「考えておく」

かれは約束して歩きだした。

＊

ロワ・ダントンの家はそこから数百メートルしかはなれておらず、やはり海岸にも近かった。ダントンとテケナーは家を隣りあわせに建てていて、たがいの家は百五十メートルの距離にある。テケナーとジェニファー・ティロンは終生をともにする婚姻契約を結んでいた……両者とも細胞活性装置保持者ということを考えると、軽く目眩《めまい》をおぼえるほどだ。まさにこの理由から、アトランはダントンの家に身をよせた。ダントンは自宅のコンピュータに、客人にも自身と同じサービスをするよう指示をあたえていた。

正午に近づいていた。藪のなかの空気が熱でゆらめいている。気温は三十三度。ちいさな町は圧迫感のある蒸し暑さにおおわれていた。アトランはもの思いにふけっていた。賢者シス＝マトは印象深い男だった。過去の時代にはヒューマノイド型の生物のあいだで賢いと名高いトプシダーに遭遇することはあまりなかった。故郷銀河の封じこめは、明らかにギャラクティカーの精神に多くの変化をもたらした。寛容さが増したのだ。追放されて暮らす者たちはたがいを同胞とみなした……過去にたがいをどれだけ軽蔑していたとしても、展開は変わらなかった。学習プロセスが実施され、結果が出ていた。銀河の種族がたがいの相互理解を深め、はるか昔のギャラクティカムでしめされていたような、純粋に形式的な協調をこえたのだ。

故郷銀河にもどったあとも、つづけるべき習慣だとアルコン人は考えた。

かれは立ちどまった。ロワ・ダントンの家は数歩のぼったところにあり、ここからだと白い屋根の一部しか見えない。色とりどりの花が咲き乱れる藪で視界がさえぎられている。額に汗がにじんだが、それは気にならなかった。頭のなかははるか遠い過去にもどっていた。古代のギリシア人にとって、昼間は精霊の時間だった。ゆらめく熱で理性が混乱すると、藪のなかに牧神パンがあらわれるのではないかと期待するのだ。

しかし、ここにいたのはパンではなく、むしろハーレクイン、道化師《どうけ》だった。神々の魔法で呼び出したかのように、かれは藪のあいだにあらわれた。この男は無から実体化したのだと、アルコン人は誓ってもよかった。かれはテラナーで、自由商人の幻想的な衣装をまとっていた。頭には金属の輝くプレートがのっている。表面にはホログラムが埋めこまれていて、角度によってめまぐるしく映像が変わった。カナリアイエローのシャツの上に、腰までとどく銀色の素材のジャケットを着ている。硬い襟は頬骨近くまであり、前の部分は先端が二本鋭く突き出していて、優に三分の一メートルの長さがあった。頑丈そうで、だれかを突き刺すのに使えそうだ。ジャケットの袖は肘と手首のあいだあたりまでの七分丈で、先にはふたつの重い銀のリングがついていた。下には金の刺繡がほどこされた丈が膝下《しっか》までの、真っ青なゆるい半ズボンを穿いている。ズボンの脚の部分は長靴におさまっていて、やわらかい素材にもかかわらず、木製のように見える。異常に分厚い靴底は、古代ギリシアの役者が舞台で背を高く見せるために履いていたコトゥルンという靴に似ていなくもない。

衣服は奇抜だったが、男自身は地味だった。顔色は蒼白で、昼の暑さのなかで不自然に見えた。水色の瞳は平凡で、深い表情は見せられないようだ。さらに短くて上を向いた鼻と、子供のふくれ面のようなとがった口で、いかにも無害そうな外見は完成していた。異人の髪は短く刈られた、淡いブロンドだった。年のころは三十歳をすこし超えたくらいだろうか。靴を脱ぐと、百八十センチメートルにとどかないくらいかもしれない。肥満傾向にあった。

「わたしを驚かせるつもりだったのなら、成功だな」アトランがいった。

「驚かせるつもりはありませんでした」異人は返事をした。「あなたがこの道を通るだろうと思い、ここで待っていたのです。不死者、しかもこれほど有名な不死者にはなかなか会えませんから」

「きみはわたしを知っていて、つまりわたしより有利だ」アトランはいった。

奇抜な服を着た男はこのほのめかしを正しく理解した。

「わたしはペドラス・フォッホです」かれは名乗った。

＊

「きみの話は聞いている」アトランは心ならずもそういっていた。

男の青白い顔が嘲笑するようにゆがんだ。歯をむき出しにしている。上顎と下顎に二本ずつ、金色の切歯がはめこまれている。

「おそらく悪い噂だけでしょう」フォッホが答える。「あなたがこれまで話をした者たちは、全員、わたしをよく思っていませんから」

アトランの驚きはなかなかおさまらなかった。かれはだまされていた。グロテスクな服装、無害で純朴そうな表情も……それはただの仮面だった。〝レノ・ヤンティルの頭のなかをかけめぐるアイデアの多くは、実際はペドラス・フォッホのものなのです〟と、シス＝マトはいっていた。本当にそうなのか。ペドラス・フォッホは〝ドレーク〟という組織の首席戦略官なのか？

「レノ・ヤンティルに関係して、きみの名前があがった」アトランがいった。「もちろん、現在の指導部を転覆させようという〝ドレーク〟のメンバーの試みには、わたしの友たちはまったく共感をいだいていないがね」

「われわれがどうして指導部の刷新を推し進めようとしているのか理由も聞きましたか？」フォッホが質問した。

「レノ自身はひどく平凡な表現で話していた。組織の指導が非効率的で、なれあいになっている、と。それだけでは、わたしには説明不足だが」

「われわれが見ていることをお話ししたいと思います」それまで単調だった声が、急に鋭くなった。「われわれが見てきたのは、何十年ものあいだ、クロノパルス壁のちいさな裂け目さえも破れなかった指導者たちです。組織の引き締めや強化をすることなく、ふたりの指導者はくだらない私的な関心事で広大な宇宙を放浪しています。二名の不死者は生きるのが退屈になって、ジェフリー・ワリンジャーの遺産に対処する気力さえ失ってしまいました。パルス・コンヴァーターの試作モデルは、宇宙港の倉庫のどこかで埃《ほこり》をかぶっています。これがわれわれが見ているものです、アルコン人。だからこそ、われわれは指導者の交代を進めたいのです」

最後に、水色の瞳に熱意のようなものが浮かんだ。しかし、いま、それが消えると、ペドラス・フォッホの顔は先刻と同じように無表情になった。

「そうしたことすべてについて、われわれは昨夜、詳細に話し合った」アトランは慎重に話した。「そこには正当な理由がある。テケナーとダントンが総会でそれを報告する。それから自由商人は決断するといい」

「そうだ、そうあるべきです」フォッホがいう。

「きみたちが総会を冷静に待ち受けているのはわかっている」アトランはつづけた。「現在の指導者の側にいる者たちは、ひとりまたひとりと姿を消している。総会がはじまれば、ロワ・ダントンとロナルド・テケナーのために語る者はだれもいなくなるだろう」

ペドラス・フォッホの顔は無表情のままだったが、こういった。

「われわれが指導部に賛成する者たちを消しているという意見を、わたしは聞いているのでしょうか?」アトランがかすかに肩をすくめると、かれは話をつづけた。「このところ、あらゆる種類の生物が不可解な状況で姿を消しているということを、わたしもここマンダレーのみなと同じくらいよく知っています。ダントンとテケナーの味方だけではありません。ここでも現在の指導者の無力ぶりが発揮されています。失踪者を探し、次の失踪を阻止するかわりに、〝ドレーク〟という組織に責任をなすりつけようとしているのです」

「きみたちには好都合だろう」アルコン人は嘲笑した。

「総会はわれわれの意志にそうように決着するだろうと、われわれは確信しています」

ペドラス・フォッホは冷静に説明した。「好きなように考えてください。しかし、決定がくだされたときには、われわれはよろこんであなたを味方として迎えますよ」

アトランはまじめになった。

「そんな希望がかなうことはない」つっけんどんに返事をする。

ペドラス・フォッホをその場に立たせたまま、かれはまた歩きだした。家のドアまではあとほんの数歩だ。ゲート・サーボに認証されてドアが開いたとき、もう一度かれは振り返った。

ペドラス・フォッホは姿を消していた。

＊

ロワ・ダントンの自宅のコンピュータはロワ・ダントン、ロナルド・テケナー、ジェニファー・ティロンの居場所を認識していなかった。また、メッセージものこっていなかった。アトランは、マンダレーの住民が最近、跡形もなく行方不明になっていることについて情報があるかたずねた。この質問にシントロンはいくらか困惑し、そのような現象については把握していません、と返答した。しかし、データを比較して、フェニックスにいるにもかかわらず、七十二時間以上、通信ネットワークを利用していない自由商人を突きとめるのは可能だといった。

「それが行方不明者の定義なのか？」アトランは苦笑した。「三日間、通信ネットワークを使用しなかった者か？」

「ひとつの提案にすぎません」コンピュータは答えた。サーボの音声が本当にいくらか傷心しているように聞こえる。

「わかった」アルコン人は受け入れた。「データの比較分析と、プリントアウトもたのむ」

十秒後、かれは印刷フォイルを手にしていた。そこには四十五名の名前が記されていた。このうちの何名がテケナーとダントンを支持する者なのか、突きとめる方法は皆無《かいむ》だ。シントロンもそれについては情報を持っていなかった。アトランはリストをわきに置くと、午後の仕事に取り組んだ。

まず銀河系船団が遭遇した出来ごとについて報告する記録をつくった。ハンガイ銀河の最後のクオーターの遷移、惑星ナルナでの事件、夜空の十四の神々、そして停滞フィールドのなかで六百九十五年のときを文字どおりジャンプしたことを悟ったおそろしい瞬間について話をした。さらにルックアウト・ステーションと二百の太陽の星、惑星サトラングとフェニックス＝1について語り、銀河系船団の宇宙船がどのように航行をしつづけ、情報を集め、適切な基地世界を発見しようとしてきたか説明した。

これらすべてにシントロンのグラフィック装置で構成された映像を合わせた。今夜、この記録はマンダレーの町のすべての受信者に向けて、ニュースチャンネルで流される。このメッセージでもっとも重要なのは次の個所だ。

「ペリー・ローダンの死について、あなたがたがどんな話を聞いているとしても、それはかまわない。ペリー・ローダンは生きている。まもなくこのフェニックスで会うことができる！」

作業が終わると、依然として自由商人の世界の上にある軌道をめぐっている《カルミナ》とコンタクトした。無線による通信はすべて探知可能で、自由商人たちの世界が発見される危険があるため、ラジオカム接続には特別な権限が必要だった。しかし、ロワの自宅のコンピュータであれば、まったく問題はない。ロワ・ダントンがアルコン人を権限のあるユーザーとして登録していたようだった。

アリ・ベン・マフルから連絡がはいった。黒髪のレバント人はアトランの呼びかけに驚いたようだった。

「無線で通信しているのですか？」不思議そうにたずねる。「フェニックスでは許されていないと思っていましたが？」

「どうすればいい？　伝書バトでも送ろうか？」アルコン人はからかった。「きみの考え方は正しい。だから手短かにたのむ。なにか新しい知らせはあるだろうか？」

「搭載艇《カル＝1》が昨夜二十一時に集合地点フェニックス＝1に向かってスタートしました」アリは答えた。「船はすでに到着しているはずです。ほかにはとくになにも変わったことはありません」

「ありがとう、友よ」アトランは礼をいって、通信を切った。

ペドラス・フォッホと出会ったことで、かれは考えこんでいた。あの男は危険だ。たぐいまれな勇気と大胆さ、さらに知性があった。その無害そうな素朴な外見から、つい過小評価してしまいそうになる。アトランは自身は権力を欲していないということを、かれに白状するつもりだった。かれはレノ・ヤンティルのほうがすぐれた指導者だと感じた。しかし、ペドラス・フォッホが実際に自我を満足させるためではなく、自由商人のことを考えているのなら、ロナルド・テケナーとロワ・ダントンが自分たちの行動を弁解するために申し立てる議論で、かれを納得させられるようにしなくてはいけない。

たとえばジェフリー・ワリンジャーの遺産だ。パルス・コンヴァーター試作モデルを、ワリンジャーの指示にしたがって使用すればクロノパルスの壁を局地的に無効化できるのだが、これは未完成品だ。この試作品を使用可能なレベルに引きあげるには、まだかなりの研究と開発が必要で、そのためには科学者と理論家と実務家が必要だった。自由商人のなかには多くの技術者がいて、とくにロワ・ダントンの話では、〝ドレーク〟のメンバーのなかに技術分野で天才的ともいえる力のある者が数名いるという。しかし、かれらは科学者ではなく、擬似リーマン時空複合体やクロノベクトル、現実傾斜についてはまったく理解していない。フェニックスにはパルス・コンヴァーターを完成させるために必要な専門家はいなかった。そのためにペドラス・フォッホがいったように、試作モデルは倉庫で埃をかぶっている。ダントンとテケナーがパルス・コンヴァーターに、本来するべき対応をとらなかったのは怠惰だったからではないのだ。むしろふたりは、この任務が現在の技術力では達成できないことを知っていた。フォッホもそれは納得するしかないだろう。

総会が開催されるという全体放送がけさ早く流された。通知から七十二時間後に総会は招集される。〝ドレーク〟のメンバーたちが今夜、アルコン人が完成させたばかりの記録を確認したら、かれらの尻に火がつくだろう。ペリー・ローダンが生きていた！もしかれが近々フェニックスにあらわれ、まさにだれもが思うとおり、息子のロワ・ダントン、本名マイクル・レジナルド・ローダンの味方についたら、レノ・ヤンティルの計画は失敗する。七百年をへても、ペリー・ローダンの意見には大きな重みがあり、自由商人の総会で〝ドレーク〟のメンバーの提案に賛成する者が大多数を占めることはなくなるだろう。

〈それで、おまえは〉突然、付帯脳の言葉が伝わってきた。〈自分の意見の重みはまったく信頼していないのか?〉

「きみにはわからない」アトランは不機嫌そうにつぶやいた。「自由商人は局部銀河群のあらゆる有名な種族から集まったのだろう。しかし、ここの雰囲気はテラ的だ。テラナーがスタイルをつくっている。わたしはアウトサイダー、アルコン人だ。きっとわたしの意見の重みもそれなりにある。だが、ペリーの意見の重みはその十倍はあるだろう。レノ・ヤンティルはそれを知っている。それはたしかなことだ」

これには付帯脳も返事をしなかった。議論の展開に納得したようだ。アトランは昨夜からなにも食べていないのに気づいた。空腹で胃がいたむ。立ちあがって、小型のサーボ・キッチンで食事の支度をしようとしたとき、カム＝サーボがいった。

「通信がはいっています。ロワがお話をしたいそうです」

「なにをぐずぐずしている? つないでくれ」

スクリーンが出てきて、ロワ・ダントンの顔があらわれた。額に汗がにじんでいる。ジャングルの上空は暑いようだ。

「ピー＝ジー＝ヒルを見つけました」ダントンはいった。

3

ブルー族は疲労困憊《こんぱい》しているようだった。服は引きちぎれ、裸足の足には並はずれた大きさのクモの巣にかかったかのような物質がまとわりついている。ピー＝ジー＝ヒルは大きなギョロ目でぼんやりと前を見つめ、ひとことも言葉を発しなかった。医師でなくても、外傷性ショックに苦しんでいることがわかる。

「かれはなにもいえない状態です」ロワ・ダントンがいった。ピー＝ジー＝ヒルはグライダーの後部座席でうずくまっている。「なにを聞いてもただ、イヤ・ハー・デスと答えるだけです」

「それはガタス語で〝陰険な飲みこみ野郎め〟というような意味だ」アトランは淡々とたしかめた。「どういうことだ？」

「ブルー族は食肉キノコをその名前で呼んでいます。食肉植物です」ダントンは答えた。「ピー＝ジー＝ヒルの脚についた粘着性の糸は、キノコの菌糸ですね」

ロワ・ダントンの報告を聞いたアルコン人はすぐにスタートし、十八分後には目的地に到着していた……セルヴァ河の河畔、製造施設から優に七百キロメートルははなれている。ここでは、セルヴァ河はまだ流れがはげしく、その威力で中央高地の最後の岩壁をけずっている。

ダントン、テケナー、ジェニファー・ティロンは二機のグライダーで移動していた。

目的地は宇宙港。行方不明の者たちが本当に〝ドレーク〟のメンバーに誘拐されたのなら、地下の空港施設に無数にある空間のうち、まだ使い道の定まっていない部屋に監禁されている可能性がある。先にロワ・ダントンは製造複合体のすべての工場を捜索し、ホーケン・ステルのシュプールがないのを確認していた。第十六工場からテケナーにコンタクトして報告した。テケナーとジェニファーはダントンと合流した。転送システムを使わず、グライダーで宇宙港の方向に飛んだ。こちらのほうが機動性が高く、製造複合体と宇宙港のあいだにひろがる土地を捜索することもできる。

ピー＝ジー＝ヒルを発見できたのは偶然のおかげだった。ロナルド・テケナーはジェニファーとならび、セルヴァ河の流れに沿って北西に向かっていた。河のグリーンがかった褐色の水には、はげしい流れで森から引きちぎられたさまざまな浮遊物が浮かんでいた。勢いよく流れる木の幹に必死にしがみついている人影を最初に発見したのはジェニファーだった。二機のグライダーはその木を岸まで引っ張っていき、ピー＝ジー＝ヒルを哀れな状況から解放した。ジェニファーとテケナーは河に沿って飛びつづけ、ダントンは疲れ切って混乱したブルー族の世話をした。ダントンはピー＝ジー＝ヒルを船に乗せて応急処置をしたあと、アトランに知らせるためもよりの通信コネクタに向かった。コネクタは直径二十センチメートル、高さ一・五メートルの柱で、ちいさな空き地に立っていた。そこにダントンはグライダーも着地させた。木々の梢ごしに北西にそびえる中央高地の山肌が見える。頂きのひとつからは無煙炭の煙が立ちのぼっていた。ボニンの山々では火山活動と地震が日常的に起きている。

アトランはブルー族をじっと見つめた。皮膚には無数の擦り傷があった。皿状の頭には十センチメートルの長さの切り傷があり、そこからはげしく出血している。血はかたまって、かさぶたになっていく。

「かれがどれだけ長く流されていたのか、だれにもわかりません」ロワ・ダントンはいった。「河の流れはここでは時速十キロメートル。上流はもっと速いでしょう。かれがとらえられていた場所は、二百キロメートルか、四百、千キロメートル先かもしれません。この外傷も調べれば、さらにくわしくわかるでしょう」

「かれには医師が必要だ」アトランが説明した。「外傷が治癒すれば、記憶をとりもどせるだろう」

ダントンはうなずいた。

「できるだけすみやかにかれをマンダレーにもどしましょう。治療しているあいだに精神観測をします。意識上では思いだせない無意識のイメージを引き出すのです」

「さっき話していたキノコはどんなものなのだ?」アトランが質問した。

「フェニックスの植物界は地球とは異なった発展を遂げています」ダントンが答えた。「より攻撃的です。食肉植物にはたくさんの種類があって、なかには人類も注意しなくてはいけないものもあります。食肉キノコもそのひとつです。罠をつくり、地面に穴を開けます。穴は菌糸でかくすのですが、菌糸にはその見かけを周囲の環境にあわせて擬態する力があります。草原を歩いていると思っていると、突然、足元の地面が崩れて、罠にはまるのです。食肉キノコはとてつもなく食欲旺盛です。菌糸は落ちた者のからだをつつみ、半時間後には溶かされ、食べられてしまうのです」

「だが、ピー=ジー=ヒルはキノコから逃れられた」アトランは考えこんだ。

「はい、わたしも驚きました」

アルコン人には思いついたことがあったが、まとまっていなかったので、それを口にしなかった。ふたりはブルー族の腹にベルトをかけ、シートから落ちないようにしてから出発した。ロワ・ダントンはピー=ジー=ヒルとともに機内へ、アトランは第一工場の裏の駐機場で借りたグライダーへと乗りこんだ。

*

アルコン人が思いついたのはブルー族をマンダレーにひそかに運び、〝ドレーク〟という組織に知られないようにするという作戦だった。アトランはグライダーを転送ステーションの前に着地させた。一方、ロワ・ダントンは自宅の裏口までまっすぐ飛んだ。アルコン人がそこに着いたときには、すでにピー＝ジー＝ヒルは家のなかに入れられていた。ロワ・ダントンの家の設備には精神観測器はなかった。ロワはベナド・パル・モラトに連絡した。このアコン人は熟練の医師で、行方不明のプラコ・ダン・モラトの親戚でもあった。かれは必要な機器を持って一時間以内に到着すると約束した。もちろんかれは、患者はだれなのかと知りたがった。しかし、ロワ・ダントンはそれについてはなにも情報をもらさなかった。

医師を待つあいだ、アトランは昼間、自宅のコンピュータで完成させたリストをとり出し、ダントンに見せた。四十五名の名前を読みあげると、ダントンはいった。「このうち三十八名は総会でわれわれの立場を支持してくれるでしょう。五名は中立です。つまり、かれらの政治的な考えはわかりません。さらに二名は明らかにレノの側で、〝ドレーク〟という組織に所属しています」

アトランはうなずいた。

「この二名が、遅くとも総会のはじめまでにまた出てくることは確実だろう。そのほかの全体の構成は悪くない。三十八名はとらえられ、五名の中立派はまやかしだ。ペドラス・フォッホが、あらゆる種類と主義の者が姿を消したとわたしに説明したのは、そういうことだったのだ」

十五時四十分ごろ、ジェニファー・ティロンとロナルド・テケナーから連絡がはいった。セルヴァ河に沿って源流まで飛んだが、行方不明者のシュプールはまったく発見できなかったということだった。かわりに第二火口についての報告があった。五千五百メートルの高さのピク・バルドス火山の南の斜面に最近できたようで、ここの噴火で周囲が荒れ果てているという話だった。

ロワ・ダントンは両名に、しばらく通信コネクタのそばにいてほしいとたのんだ。

「あと一時間でピー＝ジー＝ヒルの無意識の最初の画像が得られるだろう。かれはセルヴァ河の上流域のどこかでとらえられていたのだと思う。いまきみたちは近くにいるから、そこで待機していてほしい」

ブルー族はまったくまわりに関心を寄せていなかった。服を脱がされ、汚れを落とすために衛生室に運ばれた。ふたりは傷には触れないようにした。ピー＝ジー＝ヒルはすべてなされるがままだった。客室のベッドに寝かされ、軽いサーモ毛布でつつまれた。

十六時を過ぎたとき、ベナド・パル・モラトが到着した。ロワ・ダントンに指示されたとおり、家の裏にグライダーを停めた。生い茂る藪や高い木々の陰になっていて、精神観測器を運び入れるのが物見高い者たちの目から守られている。ベナド・パル・モラトは客室に案内され、ピー＝ジー＝ヒルが寝ているベッドの横に装置を置いた。かれはブルー族を見て驚いた。

「かれは数日前に行方不明になったという話でした。ずっとここにいたのですか？」

ロワ・ダントンは否定した。

「かれになにがあったか、すぐにわかるだろう。ところでほかにも行方不明になった者がいて、そのなかにはきみの親戚のプラコもいる。知っていたか？」

アコン人は顔をゆがめた。

「予想できるはずでした」かれは答えた。「きのうからかれに連絡をとろうとしていたのです。しかし、プラコは連絡をしてきませんでした。姿を消したときの状況はどうだったのでしょうか？」

「それはこちらも知りたいところだ」アトランはいった。

ベナド・パル・モラトはアルコン人を見つめた。

「あなたは不死者です」かれはいった。

「ここにいる者ほど不死ではない」アトランは破顔し、ロワ・ダントンを指ししめした。

「せいぜいすこし年上なくらいだ」

「ようこそ、フェニックスへ」ベナド・パル・モラトはいった。「あなたがいてくれることで状況が好転するかもしれません」

神託のような言葉を発すると、医師は装置に向きなおり、調整をはじめた。患者の意識中枢と無線で接続される。超高周波のハイパーエネルギー・マイクロ電流のセンサーが使われている。マイクロ電流は無意識の奥深くにはいりこみ、そこに蓄えられた記憶の量子と相互作用する状態になった。これによってセンサー流に変調が生まれ、精神観測器はこれを解読し、映像や音声に変換する。

かれは典型的なアコン人だった。赤銅色の髪は巻き毛で、浅黒いビロードのような肌と対照をなしている。明るい瞳は賢く、しかし、いくらか気づかわしげに世界を見つめている。ブルー族の精神観測から、行方不明の親戚の運命についてなにか知ることができるかもしれないという思いが、明らかに心にかかっている。

装置が作動しはじめ、スクリーンがあらわれた。ベナド・パル・モラトはまず調整を確認するために試験した。ピー＝ジー＝ヒルの長期記憶をとらえる。映像がクリアになり、話されている言葉もなんなく理解できた。試験は数秒で終了した。

「ここから本来の観測をはじめます」ベナド・パル・モラトがいった。

スクリーンに筋がはしった。映像がクリアになり、技術的な設備がととのった奇妙なしつらえの部屋がうつった。ピー＝ジー＝ヒルの仕事場のようだ。大きな窓から豊かに生い茂る庭が見える。うしろから物音が聞こえた。ピー＝ジー＝ヒルは振り返る必要はない。後頭部についた目が開き、一瞬、ヒューマノイドと思われる者の姿が開いたドアのところに立っているのが見えた。その人影は武器を手にしていて、明るい音がひびいた。だれかが……おそらくピー＝ジー＝ヒル自身だろう……うめき声をあげた。そこで映像がとぎれた。

精神観測器のスキャナーは記憶貯蔵庫の空白部を走査し、ブルー族がまた意識をとりもどした瞬間をあらわす点を突きとめた。

そこから装置が再構築した映像は悪夢から生まれたものだった。先ほど見た人影が重要な役割をはたしていた。その者はあちこちにあらわれ、からだをすっぽりかくしていたが、アトランは女にちがいないと感じた。黒っぽいゆったりとしたマントを羽織っていて、それはまちがいなくその姿のかたちをかくすためのものだった。しかし、この人物にはこの方法は合っていないようだった。マントを着た者は、はっきりと女性の姿をしていた。

山が映像のなかを動いていく。暗いジャングルが迫る。洞穴の出入口が一瞬見えた。岩のなかの空間の奥に人類と非人類の姿が横たわっていた。ピー＝ジー＝ヒルはこのふたりをはっきりとおぼえていなかった。だれだかよくわからなかったのだ。この光景を見ていたとき、かれは浮遊状態だったにちがいない。いま、地面におりてきて、そこからしばらく洞穴の底のでこぼこした岩しか見えなくなった。

「これ以上はとり出せません」ベナド・パル・モラトはいった。「明らかに薬を注射されたようです」

精神観測器から混乱した声が響いた。だれかがなにか話している。しかし、ピー＝ジー＝ヒルには内容が理解できなかった。低く轟音がした。埃が舞いあがる。ブルー族はそこで立ちあがったようだ。突然、洞穴のひろい空間が映像でふたたびとらえられた。なにかがピー＝ジー＝ヒルに向かって飛んできた。記憶では、それは何本も腕がある怪物で顔がおそろしくゆがみ、大きな口を開いている。しかし、薬で理解力が混沌としていたせいで生じた悪夢のようなものだろう。

どこかで大きな爆発音がした。恒星の光が突然そこに降り注いだ。岩山があらわれ、スクリーン上で勢いよく流れていく。ピー＝ジー＝ヒルは怪物から逃れたのだ。のこりの記憶の映像は意味のないものだった。木々が揺れてうしろに動いていき、水が渦巻き、一瞬画面全体をおおったが、またひいていった。一本の木が見えた……根こそぎたおれた木の幹で、そこにブルー族はしがみついていて、その後、ジェニファー、ダントン、テケナーに水から引きあげられたのだった。

「もういい」ロワ・ダントンがいった。「その後の展開はわかっている」

ベナド・パル・モラトは装置のスイッチを切り、なにかいおうとした。しかし、その前にアトランが口をひらいた。

「かれは負傷していて、治療が必要だ。頭の表面の傷を見てくれ。どうしてこんなけがをしたのかわかるだろうか？」

ベナド・パル・モラトは身じろぎもしない男の上にかがみこんだ。常備しているちいさなケースから消毒液に浸したガーゼをとり出し、傷口を拭《ふ》きはじめる。ガーゼを注意深く観察し、指でこすった。

「石です」かれはつぶやいた。「頭になにかぶつかったのでしょう。おそらく岩の破片だと思われますが」

アトランはうなずいた。「連れていかれた洞穴がくずれたのだ」その言葉はロワ・ダントンに向けられていた。「ピク・バルドスの地震。調べてみる価値はありそうだ」

＊

映像はクリアだった。誘拐犯は被害者を山の洞穴に運び入れ、出入口を食肉キノコでふさいでいた。連れてこられた者たちは薬で朦朧《もうろう》とした状態にされていた。それでもかれらが洞穴から逃げ出そうとしたらこのキノコがじゃまをするはずだった。ただし、ピク・バルドスの南の斜面にあらたな噴火口が生まれ、大地が揺れはじめるとは誘拐した者たちも予想できなかっただろう。

アトランのグライダーは岩だらけの平地のすぐ上を飛んでいた。震動で木々は根こそぎたおれ、斜面のふもとでからまりあい、積み重なっている。くずれた岩でなかば埋まった窪地がアルコン人の目を引いた。窪地の端には低い岩壁があり、岩には亀裂がはいっている。

かれは着地した。エンジンのうなるような音がやんだ。ハッチを開けると、奥から森の音が聞こえてきた。空気は暖かく、火と硫黄《いおう》の匂いがただよっている。何十もの噴気孔から蒸気がちいさく噴きあがっていた。新しい噴火口は七百メートル高いところにあった。斜面は不確かな地形だった。いまにも火山が活動を再開してもおかしくない。

アトランはすぐに探していたものを発見した。銀色に輝くキノコの菌糸が道をしめしてくれている。割れた岩の下から顔をのぞかせて、これらの岩がくずれたばかりなのを感じさせる。菌糸は何千本もの粘つく細い糸が集まったもので、擬態の能力は失っていた。アトランに踏まれても反応は見せない。キノコは死んでいた。みずからに落下してきた岩を食べ過ぎてしまったのだ。

この窪地は最近までは洞穴の一部だったのだろう。崩壊した洞穴の壁がちいさくのこっている。アトランは岩の破片を手でかきわけた。心配は杞憂《きゆう》に終わった。洞穴がくずれたとき、さらわれた者で命を落とした者はいなかったらしい。わからないのは、なにがキノコを活性化させたのか、ということだ。ピー＝ジー＝ヒルは洞穴が揺れたせいで放り出されたのか、それとも洞穴の壁が崩壊したあとに、大食いのキノコの菌糸がさらわれた者のところにはいりこんだのだろうか？

くずれた壁の周囲を歩き、斜面をすこし登った。木々はここにはのこっていなかった。地面の揺れで根こそぎたおれ、谷底に投げこまれていて、震動をどうにか耐えたものも埋もれてしまっていた。黒っぽい輪郭がアトランの目を引いた。くずれた岩と岩のあいだにはさまれていて、近づくと、それがヒューマノイドだとわかった。

肌が濃い褐色で、髪は赤毛の生物。まちがいなくアコン人だ。おそらくプラコ・ダン・モラトだろう。昨夜から親戚が連絡をとろうとしていたが、プラコは死んでいた。目は大きく見開かれ、顔は恐怖にゆがんでいる。死者の首には銀色のキノコの菌糸がロープのように巻きついていた。髪の下から流れた血が渇いてのこっている。

「ここでなにをしている？」

きびしく、のどの奥からでるような声に問いかけられた。アトランは武器に手を伸ばしたくなるのをこらえた。話し手はかれの背後に立っていて、勝ち目はない。

かれは慎重に振り向いた。両腕を軽く曲げて、平静をよそおう。その女……彼女がテラ生まれなのはまちがいない……は人類くらいの高さがあるふたつの岩のあいだに立っていた。ずっとここにいたにちがいない。これまで監視されていたのだ。

年齢は三十歳手前だろう。背は高くなく、ふくよかな体形だ。肌は銅色。黒髪をうなじでしっかりまとめている。ほかの女だったら気むずかしいイメージを感じさせそうな髪形だが、この女はちがう。大きな黒い目には奇妙な貪欲さが見られた。鼻筋は高いがバランスがとれていてめだたない。大きな口は魅力的で、ふっくらとした真紅の唇をしている。膝丈のシンプルな赤いワンピースを着て、恒星に背を向けて立っていた。服の生地が薄いため、光のせいで太ももの輪郭が透けて見え、豊かな胸も強調されている。

「きみたちが洞穴に閉じこめた者たちを探している」かれは質問に答えた。

「きみたち？　〝きみたち〟ってだれ？」女はどなるようにいった。「わたしのことを知っているの？」

「聞いた話から考えると、きみはマリブ・ヴァロッザでしかありえない」アルコン人はいった。

「そのとおりよ」彼女は認めた。「そしてあなたは、自称一万三千歳の男で、わたしたちの問題に首を突っこむこと以外にもっとましなこともできない者ね？」

「わたしはずっと人類のことを気づかってきた。たいていは人類のために」アトランはおだやかに返事をすると、すこし横を向いてアコン人の死体を指しめした。「ここでなにがあった？　地震に驚いたのか？　時間がなくて、かれを安全な場所に運べなかったのか？」

彼女の目が冷ややかになった。口がすこし開き、舌の先が下唇をなめる。

「なんの話をしているのか、わからないわ」きつい声でいう。「プラコとわたしは、わたしたちは……そうね、つきあっているといえる関係ね。マンダレーでは、いっしょにいるのを人目にさらせなかった。かれは身分の高いアコン人で、わたしは自堕落な女と呼ばれている。会いたいときには、わたしたちはどこか人里はなれた場所に向かった。火山が噴火したとき、わたしたちはここにいた。プラコは岩の塊りがあたって死んだ」

彼女はすばらしい俳優だった。その言葉はそっけなく、悲しみをおさえたような、よく考えられた辛辣《しんらつ》さもこもっている。

「ではどこかに乗り物が二台あるのか」アトランはいった。「きみのと、プラコのと」

彼女はかぶりを振った。

「わたしのだけ。わたしが町の北のはずれまで乗っていき、プラコはそこで待っていた」

「ひとことたりとも信じられない」

彼女の顔にかたちだけの微笑が浮かんだ。

「信じてもらえようと、もらえなかろうと、そんなつまらないことはどうでもいいわ。プラコは死んだ。そこだけよ、大事なのは」

彼女はくるりと背を向けた。岩のあいだに姿を消すと、足元で岩が音を立てた。しばらくすると、グライダーのエンジン音が聞こえてきた。乗り物自体は見えなかったが、その音から南に向かっているようだった。女を追いかけてもむだだとアトランは判断した。捕虜がかくされている場所に導かれることはないだろう。ほかの方法でシュプールを見つけなくてはならない。

かれは死者をかかえ起こすと、グライダーに引きずっていった。そして町をめざしてスタートした。

＊

ロワ・ダントンが連絡をしてきて、通信ポートでアトランは立ちどまった。途中でふと頭に浮かんだことがあったが、とくに望みはかけられそうになかった。しかし、このような状況では、なにもためさないというわけにはいかない。ひょっとすると運が味方して、なにも見つからなかったはずのところで、なにか発見をもたらしてくれるかもしれない。

ジェニファー・ティロンとロナルド・テケナーは先刻連絡をしてきた場所にのこっていた。アトランは死体を発見したことと、マリブ・ヴァロッザと出会ったことについて報告した。

「わたしのグライダーには通常の装備しかない。きみたちのほうは、残存エネルギー感知器は携えているだろうか？」

「探索に必要なものはすべてそろっています」ロナルド・テケナーは説明した。「しかし、それだけ時間がたっていては、シュプールを見つけられるかどうか」

「可能性は低い」アトランは認めた。「ただし、ひとつだけわずかな希望をかけられる状況がある。火山の噴火によって、かなりの量の二酸化硫黄と二酸化炭素が大気中に放出された。なにをいいたいか、わかるだろう。シュプールは通常より、いくらか長もちするはずだ」

「ためしてみる価値はありますね」テケナーはいった。「すぐにスタートしましょう」

残存エネルギー感知器は、何世紀にもわたって改良が重ねられてきた技術だ。グライダーのフィールド推進装置はさまざまな面で環境に影響をあたえる。空気が高くイオン化されると、グライダーが通り過ぎたあとも、数時間ははっきりと検出される。イオンはきわめて攻撃的な粒子で、二酸化炭素と二酸化硫黄の分子から酸素原子を分裂させ、一酸化炭素と一酸化硫黄を生成する習性がある。そのため大気中の一酸化炭素濃度が高まっているのは、測定地点ですこし前にフィールド推進装置が作動していたことをしめしていた。発生したばかりの酸素と一酸化硫黄はまた、あらゆる種類の微生物に致命的な影響をあたえた。そのため、グライダーのうしろには死んだバクテリアのシュプールがのこり、これは充分に高性能の残存エネルギー感知器であれば検出できる。

アトランは、火山が噴火したときに〝ドレーク〟のメンバーはすぐに反応したと仮定した。ピー＝ジー＝ヒルはかれらから逃れた。プラコ・ダン・モラトは命を落とした。誘拐犯はのこりのさらわれた者たちを安全な場所に移動させた。マンダレーのどこかにきっと、地震を記録した地震計があるはずだ。その記録があれば、ジェニファー・ティロンとロナルド・テケナーが探すシュプールがどのくらい時間がたったものか特定できるだろう。

アトランが北西から町に進入したとき、恒星はすでに地平線の向こうに消えていた。ロワ・ダントンの自宅をかこむ公園にグライダーを着陸させる。ロワは不在だったが、メッセージがのこしてあった。ロナルド・テケナーから計測器を追加してほしいと連絡があり、とどけにいったということだった。アトランはベナド・パル・モラトに連絡した。

「ピー＝ジー＝ヒルを連れて帰宅しました」医師は熱心にいった。「ここのほうが快復するにはいいでしょう。いま、かれは眠っていて、目をさましたときには無関心なところはなくなっているでしょう」

「そうしてくれると思っていた」アトランは答えた。「ところでかれのために連絡をしたわけではない。きみの親戚を見つけたのだ」

ベナド・パル・モラトの顔に心配そうな表情が浮かんだ。

「その話しぶりだと、なにか悪いことが起きたようですね」

アトランは報告した。アコン人は目を伏せ、一分間なにも言葉を発しなかったが、ようやく口を開いた。

「だれかに責任があるはずです。あなたと同様、マリブの話はほとんど信じられません。プラコはそのような女とつきあう男ではありません」かれは咳ばらいした。話すのもつらそうだ。アトランが思っていたよりも、親戚の死で動揺しているようだった。「あなたに感謝しています」かれは話をつづけた。「もし許されるなら、死者の弔《とむら》いをしたいと思います」

数分後、かれはそこにいた。プラコ・ダン・モラトはロワ・ダントンの居間に寝かされていた。ベナドは遺体を調べた。キノコの真菌のロープにほとんど注意も向けていない。

「石があたって頭蓋骨が砕けていますね。即死でした」

「そこで火山の噴火があったのだ」アトランが説明する。「プラコの死は意図的にもたらされたものではなさそうだ」

「はい、事故です」ベナドも同意した。「しかし、プラコをこのような状況に追いこんだ者たちには、かれの死に対して責任があります」

かれは遺体をグライダーに乗せた。

別れぎわ、アトランはいった。

「われわれがプラコ・ダン・モラトを見つけたという事実は、秘密にしておけない。かれを発見したとき、マリブ・ヴァロッザもそこにいたのだ。だが、ピー＝ジー＝ヒルのことはだれにも話さないほうがいい。もしわたしの推測どおり、本当にかれが〝ドレーク〟のメンバーに誘拐されたのなら、かれは危険な存在としてねらわれるようになるだろう。かれは薬をもられたかもしれない。しかし、かれの記憶を本当にすっかり消去できたと連中も確信してはいないだろう」

「情報はもらしません」ベナドは返事をした。「ですが、明朝早くピー＝ジー＝ヒルは快復するでしょう。そのときにかれがなにをはじめるかは、わたしには制御できません」

「かれと話すのだ」アトランは助言した。「また記憶がうまくもどるかもしれない。総会での証人としてかれが必要だ。本当にかれを誘拐させたのがレノ・ヤンティルだったら、かれの計画は成功させてはいけない」

ベナド・パル・モラトは同意する仕草を見せた。

「これまで政治にはほとんどかかわってきませんでした」かれは白状した。「自由商人になったのは、サトラングの隠者にたのまれたのと、この組織の目標にもとめる価値を感じたからです。あなたのいうとおりです。レノ・ヤンティルが反対派の口を封じることで権力を得たいのなら、そんな悪行はやめさせなくてはなりません」

アコン人がグライダーでまだ敷地の境界をこえていないうちに、ロワ・ダントンがインターカムで呼びかけてきた。

「なにか不穏な動きがあります」かれはいった。「セルヴァ河中流域を何十機ものグライダーが飛びまわっているのを探知しました」

「ピー＝ジー＝ヒルを探しているのだ」アトランが応じた。

「わたしもそう思います」

「シュプールは見つかったか？」

「暫定的な目標はあります」ダントンがいった。「東の海岸のほうをしめしています。ジェニファロンが出発し、海岸付近でシュプールをふたたびとらえようとしています。ジェニファーは、自分はここでは不必要だと感じています。ロンがもどりしだい、彼女はかれのグライダーを使って、マンダレーに飛びます」

「〝ドレーク〟という組織がいつまで平静をよそおっているかわからない」アトランは考えこんだ。「ペリー・ローダンはいつここに到着してもおかしくない。〝ドレーク〟のメンバーたちは切羽《せっぱ》詰まっている。もしわれわれのところにピー＝ジー＝ヒルがいることが知られれば、レノ・ヤンティルはすぐに行動を起こすにちがいない。そうなったら、かれは総会を待ってはいられないだろう」

「ベナドはだれかにブルー族の話をするほどおろかではないでしょう」

「ベナドはそうだ。だが、ピー＝ジー＝ヒルは数時間で快復する」アルコン人は警告した。「うまく説得して、あと二日半は身をかくしていたほうがいいとわからせよう。それを受け入れるかどうかは、かれしだいだ」

ロワ・ダントンはしばらく考えた。

「ほかに選択肢はありませんね。さらわれた者たちを発見しなくては」かれはとうとういった。「われわれが成功すれば、レノの計画はおのずと崩壊します」

「それが理想的な解決策だ」アトランはうなずいた。「しかし、急がなければならない。時間がなさそうだ」

接続はとっくに切れていたが、アルコン人はまだロワ・ダントンの言葉について考えていた。展開が気にいらない。主導権はもっぱら〝ドレーク〟という組織の掌中《しょうちゅう》にある。ダントンとテケナーはそれに反応して動いているだけだ。レノ・ヤンティルとその協力者たちは、総会で自分たちを危機におとしいれそうな自由商人を平然とかたづけた。総会が六十時間弱で開催されたら、深刻に受けとめることが必要と思われる抵抗を恐れる必要はもはやない。

アトランはロワの自宅のコンピュータからシス＝マトにコンタクトした。賢者はすぐに応答し、アルコン人だとわかると、親しみのこもったからかいの表情になった。

「わたしのことを心配しすぎです、友よ」かれはいった。「これまでのところ、だれにもかまわれず、しずかにすごしています。レノ・ヤンティルは年老いたトプシダーのおしゃべりなど恐れてはいないようです」

「それはまだ変わるかもしれない、賢者よ」アトランは返事をした。「あなたは自分のことを過小評価しているようだ。しかし、わたしはあなたの心配をするために連絡したのではない。話がしたいのだ」

「話してください」

「インターカムごしではない」アトランははねつけるようにいった。「今夜また会いにいってもいいだろうか？」

「いつでも歓迎ですよ」シス＝マトは請け合った。

＊

マンダレーの町は夜間、公共の照明が必要なかった。球状星団M－30の恒星は雲ひとつない空に密集していて明るく、その明るさは昼間よりもわずかに劣る程度だったからだ。大きな白い円盤のような衛星のステュクスがはっきりと見える。ちいさな塊りであるカロンは探さないと見つからない。大量の星のなかにまぎれてほとんどわからないが、長いあいだじっくり空を観察しているとようやく見つけられる。このちいさな衛星は親星の惑星からわずか六万三千キロメートルの距離にあり、四十七時間四十一分で公転している。星々の群れの前を通り過ぎていくのだが、先述したように時間をかけて見つけ出さなくてはならない。

道は曲がりくねっていたが、アトランはなんなく賢者の家を発見できた。今回は到着が告げられていたので、話しかけられることはなかった。

家に向かう途中、グライダーのエンジン音が聞こえたような気がして、かれは足をとめた。近くの木々のあいだで鳥が眠そうな声で鳴いている。エンジンの音はやんだ。葉の隙間からのぞきこむが、不審なところは見当たらない。シス＝マトの隣人が帰ってきたのかもしれない。老トプシダー自身はグライダーは持っていないようだった。敷地内にも停まっていない。

ふたたび進もうとしたとき、枝が折れる音がした。

「だれかいるのか？」かれは大きく呼びかけた。

返事はなかった。かれはまた歩きつづけた。岩屋の出入口は今回は明るく照らされていた。通廊を登っていくと、トプシダーが、はじめて訪れたときのように居心地のいいしつらえの居室にいた。

「こんどは準備しておきましたよ」シス＝マトは挨拶をして、合成ワインのボトルの入った保冷容器を指ししめした。「この酒はわたしの代謝にもあうので、いっしょに飲みましょう」

グラスがふたつ用意された。シス＝マトが注ぎ、ふたりで乾杯した。〝テラでするのと同じ様式だろう〟という思いがアトランの意識をはしる。

「わたしと話をしたいとか」賢者はいった。「どんな話でしょう？」

「最初の訪問のさいと同じ話題だ」アトランは答えた。「フェニックスで革命が起こりそうな兆候が高まっている。わたしが警告した危険は、ほかの者たちにとって現実のものとなっている。ホーケン・ステルについては、すでに知っているだろう。われわれはピー＝ジー＝ヒルを発見し、プラコ・ダン・モラトは死んだ」

昼間の出来ごとをかれは報告した。シス＝マトはひとこともはさむことなく注意深く耳をかたむけ、その表情はしだいに真剣になっていった。

「なにをおっしゃりたいか、わかった気がします」アトランが話し終わると、かれはいった。「抵抗グループの悪行をうまく阻止しないと、総会でたいした異議もあがらないまま、かれらの提案が通過してしまうということですね？」

「そんなところだ。わたしが知りたいのはこういうことだ。フェニックスには、レノ・ヤンティルとその仲間に対抗できるような手段や方法はあるだろうか？　自由商人の条例に、なにか煽動者《せんどう》の責任を問うために使えそうなものはあるか？　フェニックスに公安局はあるのだろうか？」

シス＝マトははじめて見るようにアルコン人を見つめた。魅了されているようだ。大きく突き出した目に嘲笑するような奇妙な輝きが宿った。

「公安局？　フェニックスでの生活をどんなふうに想像しているのですか？　ここに住

んでいるのは、自発的に、ある意図をいだいてやってきた者たちです。かれらは故郷銀河から敵を追放したいのです。そのような社会には、法律も警察も必要ありません。すくなくとも、それがここでの一般的な理念です」

「自由商人たちは、内部の者たちから自分たちを守る必要はないと考えているのか」アトランは苦々しくいった。「しかし、外に向かってはバリケードを築き、大帝国の艦隊が自分たちに危害をくわえないようにそなえている」

「そのとおりです」シス＝マトは認め、満足そうな音をたてた。「わたし自身もエンジニアです。あなたのいうバリケードの建設にも携わりました。恒星セレスにいちばん近い惑星ポルタに施設をつくりました。ポルタの地下には完全自動の防衛施設があり、その威力を見たら驚くことでしょう。わたしは第五惑星ウルティマの作業を監督した。つまり、そこはいちばん外側の惑星で、雪におおわれた岩だらけの不毛の惑星です。ウルティマには宇宙要塞があり、惑星地下にある宇宙港には宇宙戦闘機が配備され、基地が発見された場合、敵を攻撃できるようになっています。カロン、ステュクス、フェニックスさらにほかの三つの惑星にも自動探知ステーションがあります。ノイズの状況がいいときは、三十五光年先の宇宙の音まで探知でき、われわれのかくれ場に危険なほど接近するものについてすべて報告してきます。そうです、われわれは外からは守られているのです」

アトランは不思議そうにトプシダーを見つめた。

「いまの言葉には皮肉を感じた」かれはいった。「自由商人に災《わざわ》いが迫っているのはわかっているだろう。だが、対応はできないといっているのか？」

「そのとおりです」シス＝マトは認めた。「レノ・ヤンティルやその仲間たちと同じレベルになりたくないと思っているうちは、なにもできません」

アトランはグラスを飲み干すと立ちあがった。

「感謝する、賢明な友よ。あまり勇気づけられなかったが、道をしめしてもらったようだ」

「緊急の場合には、レノ・ヤンティルと同じレベルまでなりさがるのもかまわないということですか？」シス＝マトがたずねた。

アトランは答えなかった。これ以上、言葉を発する気にはなれなかったのだ。トプシダーはかれの種族の伝統的な仕草で別れの挨拶をした。……目を両手でおおい、うつむいて話した。

「この家を去られるのは悲しいことです。またおこしください」

4

アトランはシス＝マトの庭の小道を考えこみながら歩いた。今夜、なにか決定的なことが起こるような奇妙な予感がする。かれは立ちどまった。監視されているような感覚をはっきりおぼえたのだ。到着したときに聞こえたグライダーのエンジン音を思い出した。

さらに歩みを進めた。もし本当にだれかがいるのなら、アトランに気づかれていないと思っているはずだ。道は、目かくしになっている生け垣のわきを抜けている。生け垣の陰で足をとめ、その場で足踏みをした。足音がしだいにちいさくなり、遠ざかっていくかのような音をたてる。

そして待った。二分が過ぎた。向こうの黄緑色の花が咲き乱れる藪のなかで、がさつく音がして人影があらわれた。見おぼえがあった。ピー＝ジー＝ヒルの記憶の映像のなかで見たのだ。頭まで分厚いマントをまとっている。手には鈍く光る武器が握られていた。精神観測器ですでに確認したように、ヒューマノイドの女だ。正体についてはほとんど疑いの余地はない。先日の午後、マリブ・ヴァロッザに会っている。その姿はどれほど分厚い服を着ていても、完全にかくすことはできない。

女は草のはえたちいさな空き地に立ち、四方を確認すると、家に向かって移動しはじめた。シス＝マトは照明を消していた。岩屋につづく通廊の出入口は暗くなっていた。

女はそこに姿を消した。アトランは一瞬たりともためらわなかった。丸腰だが、すばやく奇襲すれば、マントを着た女をたおせるだろう。シス＝マトが麻痺させられるのを阻止しなくてはならない。老トプシダーにとっては、軽い神経的ショックでも致命傷になりかねない。

大股で急いで草地を横切り、以前、シス＝マトから呼びかけられた木の横を通り過ぎた。女が通廊の出入口で立ちどまって尾行されていないことを確認していないといいのだが、とアトランは願った。

岩だらけの通廊が目の前で暗く口を大きく開けている。暗闇に頭を突き出し、耳をすます。はるか奥から、がさがさと音がした。マリブ・ヴァロッザは慎重に動いているようだ。明らかに、賢者がまだ目をさましていると思っている。アトランは手探りしながら通廊にはいった。長靴の滑りにくくやわらかな靴底はまるで音を立てない。マリブはマントのせいで進みづらいだろうと、アトランは意地悪く考えていた。

通廊は軽く弧を描いている。前方が明るくなった。居室の出入口に女の輪郭が浮かびあがるのが見えた。

「すると、やはりアルコン人は正しかったのだな」シス＝マトの声が聞こえた。

「まぬけ！」マリブ・ヴァロッザが大声でいう。「どうして振り向いたの？　ソファにすわっていればよかったものを。こうなったら、二倍の量が必要ね……」

この短い会話が、アトランにとって待ち望んでいたチャンスになった。アトランはゆるやかに傾斜する通廊ののこりを駆けあがった。マリブは力強く話していて、かれがくる音に気づかない。銃を持った腕を前に伸ばしている。アトランは全力で彼女に抱きついた。女は驚いて声をあげたが、それだけだった。かれは女の右腕を強くつかみ、とうとう銃を落とさせた。

女のからだをぐるりとまわし、マントを脱がせた。女は抵抗しなかった。フードは軽く丈夫な布でできていて、目の部分にはちいさな隙間が開いている。頭からフードをはずすと、アトランはすばやくわきでかがんだ。この動きはこの瞬間、まさに適切だった。マリブがかれに唾《つば》を吐きかけたのだ。しかし、こうして避けたため、命中はしなかった。

彼女の目は怒りに燃えていた。

「わたしをどうしようというの？」彼女は大声でいった。

「シス＝マトも恋人のひとりなのか？」アトランはからかった。「かれがピー＝ジー＝ヒルと同じように姿を消すのを阻止したいだけだ」

かれは彼女の肩をつかみ、トプシダーが彼女の顔を見られるように彼女のからだの向きを替えた。

「これがわれわれが探していた証拠だ」シス＝マトはいった。

「まぬけ！　ぐず！」マリブ・ヴァロッザはわめいた。「こんな証拠がなんの役にたつの？　わたしがトプシダーをつかまえようが失敗しようが、いまとなってはたいした問題ではないわ。このくらいの不測の事態は想定ずみよ」

「そうかもしれない」アトランは破顔した。「だが、われわれはきみをとらえた。レノ・ヤンティルの副官が抵抗派の者たちを誘拐したり口封じをしたりするために働いていると知られれば、レノ・ヤンティルも計画を進めにくくなるだろう」

「わたしを拘束したりしないわよね」彼女は憤慨した。

「そうしたとしたらどうなる？」軽蔑するようにかれはたずねた。

「真夜中までにわたしがレノのところにもどらなければ、かれはあなたに弁明をもとめるわ」

彼女の声はかすれ、とうとう自制心も失った。アトランは片腕で彼女を抱きかかえ、かがむと武器をひろいあげた。

「そのためにはまず、きみをとらえたのがわたしだとかれが知る必要がある」かれはいった。「第二に、わたしはきみの友のレノ・ヤンティルを恐れていない」

「なんてやつ！　わたしは……」

「しずかに！」どなりつけられ、彼女はたじろいだ。アトランは賢者のほうを向いていっていた。「彼女を連れていく。ここにいてはあなたは安全ではない。いっしょにきたほうがいい」

　かれはマリブを過小評価していた。彼女にはかなりの体力があり、勢いよく、彼女はからだを引きはがすと、出口に向かって走った。しかし、それは見せかけにすぎなかった。アトランが追いかけると、彼女は振り向きざま体当たりしてきた。あまりにも不意打ちだったため、アトランは防ぐことができなかった。こぶしが思い切り顎に命中した。痛みで朦朧となりながら、跳びすさる。マリブは追いかけてきた。舌に血の味を感じ、目に涙が浮かんだ。二度めの攻撃は、腕を振りあげてかわした。指が自然に動いて銃の引き金を見つけた。一瞬、パラライザーの明るく怒りのこもった音が響いた。マリブは見えない壁にぶつかったかのように、走っている途中でとまった。ちいさなうめき声をあげて、彼女はたおれた。

　アトランはしばらく硬直したように立っていた。自分になにが起きているのかよくわからない。怒りで理性を失ったような女のはげしい攻撃は、あらゆる経験のあるかれにとっても驚くものだった。気絶した女性と手にした武器をいぶかしそうに見つめる。

「これでよかったのです」シス＝マトはやさしくいった。「ほかの方法では彼女を運べなかったでしょう」

アトランは無造作にコンビ銃をベルトにさした。

「おろかだ」腹立たしそうにつぶやく。「思考力のある生物が、なにがきっかけでこんなことをするようになるのか?」

「狂信は悪い習癖です」シス=マトはいった。「理性が麻痺し、視界をくもらせる」

「パラライザーは最高の強度に設定されていた。彼女はすくなくとも三時間は目をさまさないだろう」

「感謝します」トプシダーは礼をいった。「助けてもらっていなければ、わたしは彼女の敷地で寝ていたでしょう。ショックに打ちかてたかどうかも自信がありません」

これにはアトランは返答しなかった。シス=マトはトプシド語で短く指示をくだした。すこしすると部屋の側壁のドアが開き、小型の輸送ロボットが滑りはいってきた。

「彼女を運ぶのは大変でしょう」と、賢者。「さあ、いきましょう」

ロボットはそれ以上指示をしなくても、すべきことを理解した。ポリマーメタル金属のからだが変形し、長さ二メートル弱、幅一メートルほどの積み荷用プラットフォームができた。ヒューマノイドのからだのかたちで浅くくぼんでいる。

四本のアームが、触腕のように意識を失った女を床からすくいあげ、運搬台に寝かせた。

「目的地はロワ・ダントンの家だ」アトランはインターコスモでいった。

グラヴォ・エンジンがしずかにうなるような音をたて、ロボットは動きはじめた。

ふたりはマリブ・ヴァロッザを、以前にピー＝ジー＝ヒルが横たわっていた部屋に連れていった。積み荷をおろすと、ロボットはもどっていった。意識をなくした女のことを心配する必要はなかった。パラライザーによる麻痺状態がつづくかぎり、彼女は逃げようとはしないだろう。

＊

ロワの自宅のコンピュータにはロワ・ダントンからのメッセージが保存されていた。

「シュプールは東ケープを指ししめしています」ロワは報告していた。「丘陵地帯で、木が鬱蒼としていて、見通しがききません。残存エネルギー感知器もそれ以上明確なデータをひろえません。しかし、運がよければ三、四時間でかくれ場を発見できそうです。ほかにもうひとつ。セルヴァ河の上を飛んでいたグライダーが撤退しました。ジェニファーは数分前に飛び立ちました」

報告を確認したのは二十二時四十三分だった。暦のクロノメーターが二十三時五十八分をしめした瞬間、アトランはシントロンにテケナーの家とのコンタクトを確立するように指示した。コンピュータは数秒後にこう報告した。

「家は無人です」

アトランはホログラムでボニン大陸の東岸の立体像を表示させた。スケールが挿入される。マンダレーから東ケープまでの距離は約八百キロメートルだ。ジェニファーが帰途にゆっくり時間をかけていたら、まだ飛行中だろう。しかし、なにか気持ちがおちつかない。

「行動しなくては」かれはシス＝マトにいった。「レノ・ヤンティルがどんな煽動をしているのか、自由商人は把握したほうがいい。シントロンに何人か名前を伝えてほしい。必要なコンタクトをとろう」

「ベナド・パル・モラトからはじめましょう」トプシダーが提案した。

サーボは適切な指示を受けた。時間は遅かったが、医師は明らかにまだ起きていた。かれはすぐに応答してきたが、疲れて意気消沈しているようすだった。

「ピー＝ジー＝ヒルは動揺するでしょう」挨拶もしないで、かれは話した。「はじめに想定していたよりも早くかれの外傷は治ります」

「よし。連れてきてくれ」アトランがいう。

「連れて？　どこへ？」アコン人は驚いた。

「会議を開く……」アトランが説明しはじめた。

そこで映像が消えた。シントロンはすぐに報告した。

「通信ネットワーク障害。外部からの影響で接続が切れました」

「復旧させろ！」アトランはもとめた。

「申しわけありませんが、不可能です」

「なぜだ？」

「ネットワーク全体に障害があります」

「障害の理由は？」

「不明です」

「無線通信は？」

「まだ機能していますが、権限がある者しか使えません」

「わたしには権限がある。《カルミナ》と話をしてくれ」

すくなくとも十秒はかかり、ようやく船から応答があった。スクリーンが点滅した。アアロン・シルヴァーマンの肉づきのいい顔がうつしだされた。

「楽園でやっかいなことが起きた」アトランはいった。「援助が必要になりそうだ」

かれは簡潔に報告をして、最後にこう締めくくった。

「今後の展開は不明だ。着陸艇を二機用意して、乗員をそろえてスタート準備。必要な場合は、〝ドレーク〟という組織に武力行使もいとわない」

「解釈が正しければ」シルヴァーマンはいった。「〝ドレーク〟のメンバーは五十名。さらに新しい信奉者を熱心に募集していますから、あと何名増えるかわかりませんよね。着陸艇二機では……」

「やめろ！」アルコン人は警告するように手をあげた。「それ以上の詳細は不要だ」

アアロン・シルヴァーマンは狼狽《ろうばい》した顔つきになった。

「もちろんです」と、つぶやく。「どうして忘れるでしょうか！」かれは腹立たしそうにかぶりを振り、つづけた。「つまり、もしかれらが本当にすでに全軍を召集しているとするなら、《ソロン》に知らせるという選択肢もあるかもしれません。フェニックス＝1が応援を送ってくれるでしょう」

アトランはその提案について考えた。《カルミナ》は二隻めの搭載艇を集合地点に送る必要がある。銀河系船団の船の何隻かはフェニックス＝1にすでに帰投してきているはず。《ソロン》はもはや孤立してはいない。ニッキ・フリッケルはほかの船を一隻、フェニックスに派遣できる。十時間か十二時間で到着するだろう。

〝その価値はあるだろうか？〟かれは自問した。〝ドレーク〟のメンバーたちの反乱を深刻に受けとめていたが、かれらが知的生命体を滅ぼすような戦いをめざしているわけではないと考えたかった。プラコ・ダン・モラトは事故で命を落とした。ピー＝ジー＝ヒルに起きたことも、反乱者たちの意図したことではなかった。かれらの方法は洗練されておらず、非合法的だったが、だれかの命を奪おうとはしていないようだ。

「それは適切ではない」かれはアアロン・シルヴァーマンにいった。「着陸艇のスタート準備をたのむ。危険な状況を迎えしだい、わたしが出動命令をくだす」

「わかりました」シルヴァーマンは返事をした。「十分後には、二機に乗員が乗り、武装もととのえ、出動できるようにします」

シス＝マトはこの会話に注意深く耳をすましていた。

「盗聴されている可能性を考えていますね？」かれはたずねた。

アトランは肩をすくめた。

「わたしがレノ・ヤンティルだったら、アルコン人の言葉をひとことも聞き逃さないだろう。《カルミナ》は目下、乗員が定員をはるかに下まわっている。二機の着陸艇で運べるのは三十名。シルヴァーマンの計算を聞いただろう。いざとなった場合、こちらは〝ドレーク〟という組織より明らかに力が劣るだろう。この情報をわたしはヤンティルに詳らかにしたくはなかったのだ」

「わかります」トプシダーはいった。「すぐに出動命令を出すべきです。もしレノが本当に盗聴していたなら、かれは早急な行動を迫られることになるでしょう」

「ああ、かれはすでに行動をはじめている」アトランは破顔した。

「いつ？　どこで」シス＝マトは啞然としていった。

「フェニックスで通信が完全に途絶えたことはあるか？」アルコン人は訊いた。

シス＝マトは思い出そうとした。

「ずいぶん前のことです……待ってください！　なにをいいたいか、わかりました。つまりレノ・ヤンティルが……」

「そういうことだ」アトランが口をはさんだ。「自由商人たちが会話をするのを妨害できれば、かれにとって危険な部分をかなりとりのぞけるだろう。通信ネットワークを管理している場所はどこだ？」

「管理はそれほど必要ありません」トプシダーは、急に考えこむように返事をした。「われわれはわずか五千名で、すくなくとも三分の二はつねに移動しています。無線通信は最低限に制限されています。それには小型シントロンがあれば充分です。それは集会ホールの地下にあります」

「もちろん、警護もされていないのだな」

シス＝マトはとほうにくれたような仕草を見せた。

「マンダレーでなんのために警護するでしょうか？」かれは大声でいった。「われわれは全員、ここにいたいからここにいて、同じ目的のため進んでいるのです」

「ただし、そこに到達する方法はひとつではないようだな」アトランは皮肉をこめた。「〝ドレーク〟のメンバーは集会ホールを占拠しているようだ。もしかれらに知恵があれば……」

ここで話がさえぎられた。自宅のコンピュータが言葉を発したのだ。サーボは役所的としかいいようのない声で伝えた。

「全体放送。マンダレーの住民全員へのメッセージです。通信協定により、このメッセージは受信機の所有者の意志にかかわらず、全受信者に放送されています」

「警護がなにもない」アトランは不平をいった。「警察もいない。しかし、官僚機構とその言語は花盛りのようだ」

ヴィデオ・スクリーンがあらわれて、レノ・ヤンティルの姿がうつしだされた。しかも等身大だ。夜、アトランがはじめて会ったときと同じ黒いコンビネーションを着用している。深刻そうで、明らかに威厳を見せつけようとしていた。

「マンダレーの全住民へ、〝自由商人〟という名で知られる組織の全員へ、冷静に行動することがもとめられています。指導部に交代がありました。ロワ・ダントンとロナルド・テケナーは町と宇宙港の管理からはずれました。わたしが現職の管理者として業務を引き継ぎます。最終的な調整は、明後日招集されている総会でとり決められます。それまでは、組織の全活動は停止します。防衛上の問題が発生した場合のみ、これまでどおりの活動がおこなわれます。異例の事態のため、ポルタ、ウルティマ、ステュクスの各施設には、ハイパー通信の簡潔なメッセージで知らされます」

映像が消えた。アトランはシス＝マトのほうを向いた。

「かれは目下の急務を理解している」アトランはいった。「一秒もむだにしない」

この瞬間、サーボが家にはいることを望む訪問者がいることを伝えた。

＊

ペドラス・フォッホは、アルコン人と以前会ったときのような幻想的な制服ではなく、宇宙船において日常生活で使用する、機能的でシンプルなコンビネーションを着用していた。

「どうやら、きみも現在の深刻さを把握しているようだな」アトランは意外な客にからかうように挨拶をした。「きみの指導者は威厳を見せつけようとやっきになっているようだが、きみはオウムの服を脱ぎ捨てたか」

若い男の大きな顔にゆがんだ笑みが浮かんだ。

「ご機嫌がよさそうでなによりです。わたしのお願いによって、その機嫌が損ねられることがないといいのですが」

「願いの内容によるな」アトランはおだやかにいった。

ペドラス・フォッホは急に真顔になった。まだ開いたドアのところに立ったままだ。なかに招き入れる理由もアトランにはなかった。

「ここにきたのは、マリブ・ヴァロッザの迎えです」かれは無愛想にいった。

アトランは返事をしなかった。三十秒が過ぎた。

「それで？」フォッホがうながすようにいう。

「それで……とは？　いいたいことはそれだけか？」

「そうです」

「それなら帰ってくれ」

このような展開になるとは、ペドラス・フォッホは予想していなかったようだった。すこしいらだってアトランに視線をやり、そのまま部屋の奥に立つトプシダーを見つめた。

「話を正しく理解してもらえなかったようですね」かれはあわてた。「マリブがここのこの家にいることは知っています。あなたがたは監視されています」

アトランはうなずいた。

「女はここにいる」と、認める。「しかし、連れては帰れない」

「マリブの引きわたしを拒否するのですか？」

「そのとおりだ」

「どんな権利があって？」

「おろかな質問をするな。そこにシス＝マトがいるだろう。きみはレノ・ヤンティルの計画を知っているな。なぜわれわれがマリブ・ヴァロッザを拘束しているのか、理由もよく知っているはず」

アトランは男を注意深く観察した。かれのことが理解できない。要求を伝えれば、女が引きわたされると本気で思っていたのだろうか？　ペドラス・フォッホはそれほど愚直ではない。では、かれの本当の望みはなんだろうか？

「マリブが関係するレノの計画は知りません」フォッホはいい、十分の一秒後、いやみのこもった笑みを浮かべた。「あなたは彼女をなにか非難しているようですね。だれがあなたを警官に任命したのですか？」

「わたし自身だ」アトランは答えた。「わたしとわたしの乗員はフェニックスで暮らすようにと招待された。わたしは客で、自由商人の習慣や規定にしたがわなくてはいけないと考えている。しかし、もしここで政治的な変化を強要し、そこで計画に反対する敵を抹殺しようとする者があらわれたら、介入するのも必然だと感じる……当然、ここに招待してくれた者たちの側に立つ」

フォッホの顔からにやにやした笑みが消えた。冷たい光が目に宿っている。

「変革が全体のためになるなら、必要なときには現在の規則や規定に反して変革を貫かなくてはならない。抵抗してもいいですが、永久にわれわれの行く手をさえぎることはできません」

アトランは突然、武器を手にした。マリブ・ヴァロッザから奪ったコンビ銃だ。

「サー・フランシス・ドレークにちなんで、〝ドレーク〟という組織名を名乗っているのだろう？」かれはたずねた。

ペドラス・フォッホは愉快そうな目つきで武器を見やった。

「それは正しい解釈です」かれは答えた。「サー・フランシス・ドレーク。指導力があり、行動力にあふれた男です。当時の英雄で、その勇気と勇敢さは敵味方関係なく認められていました」

「おまけに自分と君主の利益しか考えなかった男だ」アトランは鋭くいった。「あらゆる国際的な協定を無思慮に破った海賊。大胆だったかもしれないが、海賊にかわりない」

ペドラス・フォッホの心は動かされることはないようだった。

「なにかいいたいようですね。おそらく、本題にはいれるでしょうか」

「きみのような考え方をして、それを周囲に押しつけようとする者を野放しにしてはならない」アトランはいった。「いまから、きみはわたしの囚人だ」

ペドラス・フォッホは微動だにしなかった。

「わたしを過小評価していますね」冷たくいう。「あなたのことも、われわれの計画に対するあなたの考えもわかっています。あなたに拘束されることを本当に恐れていたら、わたしがここにきたと本気で思いますか？」

そうだったのか！　アトランは背筋に冷たいものがはしるのを感じた。この男はまるで毒蛇だ。感情がなく、命を奪われかねない。

「いま、わたしが引き金にかけた指を曲げたら」アルコン人はいった。「自分がそれほど安全だと思う理由を説明することもできなくなるだろう」

「だが、あなたは指を曲げない」ペドラス・フォッホは答えた。「あなたは無知をよそおっています。実際は、自分の不注意のひとつひとつがかれらを危険にさらすことになると、ずっと前からわかっていますね」

アルコン人の頭に、電気ショックがはしったようにひらめいたことがあった。もちろん、だれのことかはわかっている。それでもかれはたずねた。

「彼女か？」

「ジェニファー・ティロンです。彼女は東ケープからもどってきたとき、われわれの腕のなかに飛びこんできたのですよ」

＊

ペドラス・フォッホが去っていくのを、かれはなにもしないで見送った。ジェニファーの件ははったりかもしれない。しかし、危険が大きすぎる。しっかり取り組む必要がある。

「ここは寒い」シス＝マトは招かれざる客の背後でドアが閉まるといった。「かれには魂がないから、寒さを周囲にまき散らすのです」

「詩的だな」アトランはとくに関心もなくつぶやいた。「個人的には、かれはただの野心家だと思う。いつかかれは目をさまし、世界が自分の栄誉のためだけにつくられてはいないことに気づくだろう。わたしにはべつの心配ごとがある」

「かれは、ジェニファー・ティロンが東ケープからきたと知っていました」シス＝マトはいった。

「そのとおりだ！　もしレノ・ヤンティルが本当にさらってきた者たちを東ケープ近くのかくれ場で拘束しているなら、ダントンとテケナーが危険だ」

「〝ドレーク〟という組織を過大評価してはいけません」トプシダーは注意した。「メンバーは五十名しかいません。集会ホールを占拠すると同時に、ふたりのご友人をうまく狩ろうとすることなどできないでしょう」

「これまでのあいだにヤンティルがどれだけの自由商人を説得し、自分の味方につけたのか、われわれにはわからない」アトランは、最初にアアロン・シルヴァーマンが口にした懸念をくり返した。かれはサーボのほうを向いた。「《カルミナ》とコンタクトを」かれはもとめた。

数秒後、シルヴァーマンから連絡があった。「きょうはしょっちゅう、あなたの声を聞いていますね」口数少なくいう。

「二機の着陸艇の準備はできたか？」

「四分の一時間前に」シルヴァーマンはうなずいた。

「すぐにスタートさせろ」と、アトラン。「着地は海岸付近。ロワ・ダントンの家の正確な位置はわかるか？」

「はい」シルヴァーマンが請け合う。

「ではその近くで着陸すること。接近のさいは充分注意するように。砲撃にさらされるかもしれない」

シルヴァーマンとの会話が終わると、アトランはシントロンに、ロワ・ダントンのグライダーとのラジオカム接続に切り替えさせた。こんどは応答があるまで、しばらく待たされた。一分ほどが過ぎてスクリーンがあらわれ、ロナルド・テケナーの傷だらけの顔がうつしだされた。

アトランは報告をはじめ、ペドラス・フォッホの到来について説明したが、ジェニファー・ティロンが〝ドレーク〟のメンバーたちの手にわたったといわれた点については触れなかった。

「ヤンティルに通信ネットワークを妨害されたため、ラジオカムで呼びかけている」かれは説明した。「〝ドレーク〟という組織は総会を待たずに、先に蜂起を開始することを決断した。かれらはきみたちが東ケープにいることを知っている。〝ドレーク〟のメンバーと接触したか？」

テケナーはじっと記録装置を見つめた。盗聴されている可能性があり、慎重に言葉を選ぶ必要があることはわかっている。

「いいえ」かれは返事をした。「こちらはしずかです」

「すると、きみたちはまちがった場所を捜索しているということか」アトランはいった。

「そうでなければ、ヤンティルがほうっておかないだろう」

「はい、そうかもしれません」テケナーは硬い口調でいったが、このとき舌を頬に押しあて、こぶができているような顔をした。その仕草はたわいもないもので、ほんの一瞬だった。しかし、アトランはテケナーを知っていた。かれは自分が正しいシュプールを追っていると確信している。この信号の意味するところはそれだけだ。

「フォッホは、ジェニファーをとらえたと話していた」アトランは突然いった。

ラサト疫の傷跡がのこる顔に雷のような光がはしった。危険な光が水色の瞳に宿る。

「それが本当なら、かれらはわたしの動向に気をつけたほうがいいですね」冷たい声でいった。「ジェニファーはみなに愛されています。マンダレー全体を憤《いきどお》らせるでしょう。しかし、彼女に近づいた男には、わたしがしたたかに仕置きをしてやります」

「充分注意して、見こみのある場所だけで捜索をしてくれ」アトランは曖昧《あいまい》ないい方でいい、接続を切った。

異例なことにこの時間に二度めにサーボが言葉を発して、来客を知らせた。シス＝マトが、マリブ・ヴァロッザが意識を失って寝ている部屋にさがるのを、アトランは見送った。はげますようにうなずきかける。意識のない女の面倒をだれかがみるのは、いいことだ。アトランはドアを開けさせた。

外には医師のベナド・パル・モラトが立っていた。隣りにピー＝ジー＝ヒルをともなっている。ブルー族は心ここにあらずといった表情をしていた。

「鎮静剤を投与しました」ベナドはいった。「体力はもどり、外傷も快復しましたが、しばらくは活動できないでしょう」

「途中でだれかにあったか？」医師とその連れを家に招き入れ、ふたりのうしろでドアが閉まると、アルコン人は質問した。

「われわれ、徒歩できました」ベナド・パル・モラトが答えた。「だれにも見られなかったのは、ほぼまちがいないでしょう。グライダーが何機か飛んでいます。町を巡回しているようです。〝ドレーク〟のやつらのものだと思われます」

「グライダーは何機だ？」

「海岸沿いを三機飛んでいるのが見えました。さらに二機が集会ホールのあたりを巡回していました」

アトランは計算をはじめた。巡回グライダーが出動しているということは、各グライダーにすくなくとも二名が搭乗しているということだ。五機あるということは、十名の〝ドレーク〟のメンバーが乗っている。アアロン・シルヴァーマンの不吉な懸念を考えなければ、組織全体で五十名だ。レノ・ヤンティルは見方の人数を薄くひろく散開させた。集会ホールを占拠しているのは何名だろうか？

「《カルミナ》からの通信です」サーボがいった。

メインティ・ハークロルの姿がうつった。心配そうな表情だ。奥にアアロン・シルヴァーマンとアリ・ベン・マフルが見える。アリは通信でだれかと話し、両腕を大きく動かしてなにかの仕草をしていた。

「二機の着陸艇がスタートしたと連絡がありました」メインティ・ハークロルは息を切らした。「フェニックスの地上要塞のひとつから、着陸飛行をつづければ砲撃すると脅されています」

この知らせにアトランが破顔したことで、メインティの精神は安定を失った。かわいらしい顔をしかめ、理解できないという表情になった。

「着陸艇の船長たちが話している相手は？」アトランは質問した。「有機的な生物か、それともロボットか？」

「警告を伝えてきたのは、奇抜な服を何重にも着こんだ、複数の男女です」メインティが答える。

「すばらしい！」アトランはいった。「着陸艇に撤退するよう伝えてくれ。おそらくかれらなしで、なんとかできる」

「かれらなしで……」メインティは明らかに困惑したようにくり返した。

「こちらで、なんとかできる」アトランは確信に満ちた調子でいった。長々と説明する時間はない。「着陸艇を船内に収容しろ。おそらく大丈夫だが、緊急事態にそなえ、

《カルミナ》は完全警戒態勢にはいる。わたしから救援要請があったら、マンダレーの町のすぐ近くに着陸するように。途中で攻撃されたら、応戦すること」

「了解です、記録しました」メインティ・ハークロルはうなずいた。

シス＝マトは隣室の開いたドアのところに立っていた。放心したようなブルー族は床にすわりこみ、ベナド・パル・モラトはまだ入口近くでためらうように立っている。

「なにをするつもりですか？」トプシダーがたずねた。

「ジェニファー・ティロンを探しにいく」アトランが答えた。

「ひとりで？」

「ひとりだ。だが、緊急事態にそなえて、援護が必要だ。信頼できる自由商人を招集する仕事を引き受けてくれないだろうか？」

「その方法は？」シス＝マトはいった。「ネットワークは麻痺状態です」

「無線通信だ」と、アトラン。「だれもが自宅に送受信機を持っている。有線通信の規定はきょうのところは廃止だ……可能なら武装すること。移動中は、通信でたがいに連絡する」

シス＝マトはしばらく考え、こういった。

「ご指示にしたがいます。善き精霊があなたの味方になってくれますように。かんたんな道のりではないでしょう」

5

かれは《モンテゴ・ベイ》に乗り換えたとき、念のために《カルミナ》から持ってきたセランを着用していた。グラヴォ・パックが強烈な散乱放射を発しているため、たやすく探知される状態なのは明白だ。しかし、計画は、全方向をまかなえるほどの〝ドレーク〟のメンバーの数はいないだろうということを前提にしている。かれらには一帯を探知機で監視するよりもするべき重要なことがあるにちがいない。

かれは高度を低くたもち、庭の梢のすぐ上を集会ホールに向かって滑るように飛んでいった。夜の明るい星明かりのなか、町の上空を巡回する何機ものグライダーが見えて、なぜレノ・ヤンティルはこのようなパトロールが必要だと考えたのかと不思議に思った。抵抗を恐れているのだろうか？　プラコ・ダン・モラトは死体で発見され、ピー＝ジー＝ヒルは姿を消した。これらの事件の経緯が知られれば、市民のあいだに憤激の嵐が吹き荒れるだろうと予想したのかもしれない。また、シス＝マトの誘拐が失敗し、マリブ・ヴァロッザが敵の掌中に落ちたことも気になっているにちがいない。

集会ホールのあたりはしずまり返っていた。アトランはホールの出入口からわずか数歩のところにあるちいさな施設のわきに着地した。周囲を探る。グライダーの明るいエンジン音がどこか近くから聞こえた。かれは藪の陰に身をかくし、音が遠ざかるとホールに向かった。

二メートルまで近づくとドアが自動的に開いた。奥にはホールの周囲をめぐるひろい通廊がのびていて、わずかなランプで照らされているだけで薄暗い。一定の間隔でホールに通じる通廊があった。シンプルで機能的なつくりで、同時に趣《おもむき》があった。専門的な知識をもとに加工された自然石の壁の向こうには円形劇場があり、そこは八つの段状にならぶ同心円状のリングで構成されていた。リングの幅はそれぞれ三メートルで、薄いグレイの合成物質製で筋や曲線がほどこされていて、大理石の独特の模様に見える。リングの前の縁に沿って座席のくぼみが彫られている。このくぼみにさまざまなかたちがあるのを見るだけで、フェニックスに多様な種族がいるのを感じられる。

屋根の空間は開かれていて、円錐の先から数メートル下に、やわらかな光を放つ五つの太陽灯が浮かんでいた。中央の、ホールのもっとも低い位置には、直径五メートルの円形の平たい面がある。ここが講演台で……観客の上ではなく下にあるのだった。

ホールは無人だった。しかし、アトランは、すこし前までここにだれかいたような気配を感じた。奇妙な雰囲気があり、かれはその理由を考えだそうとした。視線をわずか数メートル先のドアに向ける。その奥には反重力シャフトがあり、通信ネットワークの制御コンピュータがある地下の部屋に通じていた。〝ドレーク〟のメンバーがその部屋を占拠し、ジェニファー・ティロンもそこにいるとかれは確信していた。

ピコシンが音を立て、ロワ・ダントンの家で受信したばかりのメッセージを送ってきた。ロワ・ダントン本人からで、

「さらわれた者たちがいるかくれ場を発見しました。全員無事です。ほとんどの者はどうしてこのような状況に陥っているのか、理解していません。パラライザーで撃たれたか、薬を飲まされて麻痺しているのです。ただし記憶がある者は、自分がだれにさらわれたか特定できます。つまり、レノ・ヤンティルの策謀は失敗したのです。誘拐は明らかにかれの指図でおこなわれました。予想していたとおり、失踪中の二名の〝ドレーク〟のメンバーは、かくれ場で見つかった者たちのなかにはいませんでした。おそらく外の森のどこかにひそんでいるのでしょう」

つづいてシス＝マトの報告があった。

「お引き受けした任務は完了しました。連絡ずみの者たち全員に、ロワ・ダントンとロナルド・テケナーがさらわれた者たちを発見したという情報が伝えられています。すくなくとも三十名の自由商人がダントンの家に向かっています。会議は一時間後にはじまります。議題はただひとつ、レノ・ヤンティルに対する制裁手つづきです」

アトランはほほえんだ。ここまでくれば、ほとんど問題は起きないだろう。″ドレーク″のメンバーが通信を盗聴していたら、自分たちの敗北を知るだろう。かれはドアに向かって歩いた。ドアはスムーズに開いた。奥にはちいさな殺風景《さつぷうけい》な部屋があり、側壁に反重力シャフトの出入口があった。照明パネルから弱い光がひろがっている。アルコン人はかがんでシャフトにからだを入れ、下のほうに耳をかたむけた。音は聞こえない。

セランのヘルメットを閉じ、ピコシンに危険な状況が目前に迫っていること、緊急時にはスーツの個体防御バリアをすぐに作動させるようにと伝えた。

「準備がととのいました」コンピュータ・バッテリーの合成の音声が答えた。

アトランは身を乗り出し、人工重力フィールドのおだやかな引力に身をゆだねた。この瞬間、ふたたびヘルメット受信機が作動した。こんどはアリ・ベン・マフルの声が聞こえてきた。

「こちら《カルミナ》」かれはいった。「探知機が飛翔機をとらえました。セレスから五光年の位置でハイパー空間からあらわれました。まだ特定はできませんが、未知の者がこちらに向かっているのは明白です」

「目をはなさないように」アトランは指示をした。「もしフェニックスに向かうのであれば、またハイパー飛行段階にはいるはず……」

「まさに、そのとおりになりました」レバント人は話をさえぎった。「探知機は信号を見失いました」

「また姿をあらわしたら報告してくれ」

かれは底へ降下していった。シャフトの長さは三十メートルあり、小型コンピュータが所狭しとならぶ部屋に通じていた。シャフトの出入口の向かいにドアがあった。ドアの前には防水シートと衣服の切れ端でできたその場しのぎの寝床があり、ジェニファー・ティロンが横たわっていた。目を閉じ、浅い呼吸をしていて意識を失っていた。パラライザーで撃たれたのだ。

＊

かれは意識を失った女の上にかがみこむと、両腕でかかえあげた。彼女は驚くほど軽かったが、グラヴォ・パックを作動させた。すばやく動ける状態でいたい。不信感が芽ばえていた。あまりにかんたんに進みすぎている。ここではきっと罠が待ちかまえていると思っていた。しかし、無人で、奥のドアも動く気配はない。

かれはシャフトにはいった。制御装置が、上方への移動を指示されたのを検知すると重力フィールドを反転させた。アルコン人はジェニファーをかかえたまま、ゆっくりと上昇していった。シャフトの中央に達したとき、下から物音が聞こえたような気がした。下をのぞくが、動きは見えない。

シャフトの最上部の出入口でしばらくとまり、耳をすました。ドアの向こうの外はいまなおしずかで、シャフトからも音は聞こえない。見こみちがいだったのだろうか。レノ・ヤンティルと仲間は忙しくて、ジェニファー・ティロンの警備に人員をさく余裕がなかったのだろうか。警戒はむだだったのだろうか？

ドアに向かって足を踏み出すと、ドアは自動的に開いた。グラヴォ・パックは惑星のもともとちいさな重力を〇・二五Gまでさげるように調整されている。ジェニファーをかかえたままでも十メートル以上はなんなくジャンプできるだろう。そこをかれは重視していた。外で待ち伏せしている者がいたら、その者たちを驚かせたい。

ところが予想とは異なる展開となった。レノ・ヤンティルの戦術的能力を過小評価していたのだ。かれらはシャフトからつづくドアの向こう側の、集会ホールのひろい空間で待っていた。人数は十名。かれらは分散していて、それぞれの人数は二名もいないはずだと考えていたのだが。座席の段に分かれ、大きく半円を築くようにならんでいる。それが七名で、のこりの三名は反重力装置に乗って、宙で浮遊していた。

十分の一秒で、リスクを計算した。十メートル以上ジャンプしても無意味だ。敵はどの方向にもいる。グラヴォ・パックの出力をあげてロケットのようにスタートすることもできただろう。しかし、そうすると、かならず銃撃される。ジェニファーを腕にかかえているかぎり、個別防御バリアの効果はわずかしかない。自分は安全な場所にうつれるだろうが、意識のない女は無理だ。

一万三千年生きてきて、何千回と似たような状況に見舞われてきた。まだチャンスがあるときと、あきらめるべきときをかれは知っていた。罠は完璧だった。シャフトの開いたドアを通じて、底から接近してくる物音が聞こえてきた。振り向くと、ちょうどヒューマノイドがふたりシャフトの出入口から出てくるのが見えた。いつでも撃てるように武器をかまえている。銃口には放射フィールドのグリーンの光が見えた。パラライザー・モードに切り替えてある。

かれは動かなかった。ピコシンに命令をくだす。セランのヘルメットが開いて折りたたまれ、スーツの襟リングにおさまった。ゆっくりと膝をつき、ジェニファー・ティロンを床にやさしく置いた。浮遊していた三名のうちの一名が滑りおりてきた。レノ・ヤンティルだった。標準装備と思われる黒いコンビネーションを着用している。反重力装置を小型背嚢《はいのう》のように背中に固定していた。

「分別があるようでありがたい」ヤンティルはまじめにいった。かれが形式にこだわる人間でよかった。ほかの多くの者だったら、この瞬間の勝利に、目がぎらつくような光を放っただろう。「われわれと戦う理由はない。わかってもらえたようでうれしい」

「そろそろきみも理解をしめしてくれてもいいころだろう」アトランはしずかに答えた。「きみはその立場を維持できない。きみが自由商人を誘拐して拘束し、総会で異議を唱えられないようにしていたことは、マンダレーじゅうに知れわたっている。自由商人の指導権を奪おうという計画は、ここフェニックスではもはやくずれた」

レノ・ヤンティルは破顔した。

「どんな抵抗があっても、自分がよしとすることを実行する勇気を持たなくてはならない。アトランとジェニファー・ティロンはわたしの掌中だ。きみたちの命を危険にさらそうとする者がいるだろうか？」

「脅迫による勝利か？」アトランはたずねた。「いつまで持ちこたえられるだろうか？」

「きみたちふたりがわたしのもとにいるかぎり」ヤンティルは答えた。「それにここでは、長い期間の話をしているわけではない。わたしは自由商人の指導権を引き継ぎ、組織を本来考えていた目的に向かうようもどすつもりだ。数ヵ月はかかるだろうが、それ以上は必要ないだろう。その後は、わたしは指導権をもとめるつもりはない。故郷銀河にもどったら、ほかのことに取り組む予定だ」

率直な意見に聞こえ、アトランは驚いた。たった数ヵ月で、ほかの宇宙から遮蔽《しゃへい》されている故郷銀河の障害をどのようにかたづけるつもりなのか、まるでわからない。しかし、かれは口にした言葉どおりのことを考えているようだった。

「ほかの時代にほかの状況で知りあえたら、たがいにとってよかったのだが」アルコン人はいった。「きっときみには同胞になにか訴えかけるものがあるのだろう。だがいま、きみは誤った道を歩んでいる」

アトランはさらに話をつづけようとしたが、この瞬間、右耳の下の小型受信機が音をたてた。アアロン・シルヴァーマンの声が聞こえる。

「未知の宇宙船がフェニックスにまっすぐ着陸態勢にはいっています。認証もすみました。《シマロン》です」

アルコン人はどうにか、この知らせが自分にとって意味することを悟られないようにした。半時間後にペリー・ローダンがフェニックスに着陸する！　その名前だけで伝説的存在だ。この宇宙では死んだと思われているが。しかし、伝説をあてにする必要はない。《シマロン》の乗員は千二百五十名で、すくなくともその半数は戦闘訓練を受けている。〝ドレーク〟という組織の五十名が、六百名の最高の武装をした規律正しい戦士相手になにができるというのか。

「わたしの方法は正しい……」レノ・ヤンティィルが話しはじめたとたん、事態は急変した。アトランは周囲を見まわしていた。ペドラス・フォッホの姿はそこになかった。ヤンティィルはおそらくべつの任務をまかせたのだろう。ジェニファー・ティィロンが動きはじめた。なかばうめくような声をあげ、目を開いた。それによってヤンティィルの注意がそれた。アトランはベルトに手を伸ばし、武器を引き抜いた。パラライザー・モードに調整してある。

「すまない、レノ。いまこのときを利用するしかない」

かれは引き金を引いた。レノ・ヤンティルは雷に打たれたかのようにたおれた。アトランは指で押して銃をインパルスビームに切り替え、銃身をあげてオレンジ色の放射フィールドがはっきりと見えるようにした。

「一歩まちがえれば」かれはきびしい口調でいった。「きみたちの指導者は死ぬ。〝ドレーク〟の反乱は、ここに失敗したことを宣言する」

＊

かれらは動かなかった。アトランを凝視している。アトランは危険を自覚していた。相手は素人ではなく大胆さと無謀さで有名な〝ドレーク〟という組織の戦闘経験豊富なメンバーだ。すこしでも弱気なそぶりを見せたら終わりだ。

気絶しているヤンティルに銃口を向け、浮遊する二名におりてくるよう指示した。ジェニファー・ティロンのほうは完全に意識をとりもどし、理解できないといった表情で目の前の出来ごとを見つめていた。

「武器を捨てろ！」アトランは命じた。

わきに数歩移動して、シャフトに通じるドアがうしろにならないようにする。命令は実行された。〝ドレーク〟のメンバーたちはレノ・ヤンティルの命が心配になったのだ。アトランは、背後でシャフトから降りてきた二名の男に呼びかけた。

「レノをかかえあげろ。かれはわたしとともにいく」

二名は抵抗することなくしたがった。ヤンティルから目をはなさないまま、アトランはジェニファーが立ちあがるのに手を貸した。

「武器をひとつ、持っていくのだ」彼女に忠告する。

ジェニファーははじめの数秒の困惑をすでに乗りこえていた。アトランの指示で〝ドレーク〟のメンバーが渋々手放したコンビ銃をひとつとりあげ、慎重にアルコン人の射線にはいらないようにした。

「進め！」アトランはレノ・ヤンティルをかかえた二名に向かって声をあげた。「ジェニファー、かれらを見ていてくれ。わたしはしんがりを守る」

大きな出入口のドアが開く音がするまで、アトランはその場にいたが、その後、歩き出した。〝ドレーク〟のメンバーたちから目をはなさず、うしろ向きに進む。かれらの視線に怒りや憎しみを感じるかと思ったが、むしろ打ちひしがれているように見えて驚いた。かれらはあきらめていた。敗北したのを知ったのだ。急に同情をおぼえ、その感覚に動揺した。開いたままの出入口を通り抜ける風を背中に感じて、かれは立ちどまり、声をかけた。

「きみたちは、正しい目的のためつくしていると信じていたということで情状酌量されるだろう。レノ・ヤンティルによって目をくらませられたのだ。自由商人は、ロワ・ダントンとロナルド・テケナーに主導されるのがいちばんだとわかるだろう」

返事はなかった。困惑して足元を見つめている。突然、きびしく冷たい口調の声が聞こえた。

「おしゃべりは充分だ、アルコン人。武器を捨てて、うしろを向け」

＊

二名の男たちはレノ・ヤンティルを床に寝かせていた。ジェニファー・ティロンはわきに立っていて、持っていたコンビ銃は足元に置かれている。

アトランは命令にしたがった。ほかに選択肢はない。べつの者に状況を支配された。外で待機していたにちがいない。男二名、女三名がともにいて、全員、とことんまで突き進む覚悟があるようだった。銃をかまえている。アトランは振り向き、動きをとめた。銃口にはオレンジ色の放射フィールドが光っている。

ペドラス・フォッホは、先日の午後、アルコン人と最初に向かいあったときの服装にもどっていた。滑稽に見えるはずなのだが、戦慄をおぼえるほど感情のない冷酷さを感じさせる。

「もはや勝ち目はない。わかっているだろう」アトランは苦々しくいった。「せいぜい、ここにいる者たちの状況をさらに悪化させるだけだ」

　フォッホの顔は険しいままだった。

「早々にあきらめることは、わたしのよく知られる性質にあいません。戦いでも、このような事態でも。わたしを勝利に導く手助けをあなたはするので……」

　かれはそこで話をやめて耳をすましました。上空から明るく歌うように響く音が聞こえてきた。強力なフィールド推進装置の特徴的な音だ。アトランは明るい星空を見あげ、重着陸艇の角ばった輪郭が浮かんでいるのに気づいた。

「これがわたしの切り札だ」アトランがペドラス・フォッホにいった。「これにどう対処するか、見せてもらおうか！」

　フォッホは返事をしなかった。顔には奇妙な表情が浮かんでいる……反感なかばと緊張した期待なかばだ。〝もちろん、かれは《シマロン》が到着したことをわかっている〟という思いがアトランの意識をはしった。もうひとつ疑問があった。《カルミナ》の二艇の着陸艇は、飛行してきたさい、地上の要塞に脅されていた。一方、《シマロン》の着陸艇は無傷で通過を許された。この変化はどうして生まれたのか？　ペリー・ローダンという名前だけで感銘を受け、〝ドレーク〟のメンバーたちは抵抗をあきらめたのだろうか。おそらくそうではないだろう。アトランは本当の理由がわかるような気がした。レノ・ヤンティルは自身の計画を進められるのは、マンダレーに全軍を集結させ、町を支配下に置いたときだと悟っていたのだ。地上要塞にはもはや、《シマロン》の着陸艇を脅かすような者はのこっていなかったにちがいない。

フィールド推進装置の音が大きくなった。着陸艇は集合ホールの敷地のまわりを囲む広場に向かって急角度で進んでくる。降下速度は落ちていた。エンジンから発生する重力フィールドが地表をとらえたとき、砂埃が舞いあがった。大きな船が着陸して、地面が軽く震動した。音がしずかに低くなり、数秒後、完全に停止した。エアロック・ハッチが開く。ライトグリーンのコンビネーションを着用した男女が外にあふれ出てくる。はるか昔、太陽系艦隊の制服だったものだ。

かれらは武装していて、発射準備もととのっている。任務に真剣に取り組んでいて、するべきことをわかっていた。かれらは集会ホールを包囲した。アトランは、着陸艇には二百名は乗っていただろうと見積もった。数十名が建物に侵入する。短く命令がくだされた。ホールにいた〝ドレーク〟のメンバーたちは明らかに抵抗することなど念頭にないようで、開いた玄関から次々と出てきた。そのうしろには、スーツを着用した二名が銃口を地面に向けて歩いていた。

ペドラス・フォッホは一瞬も着陸した船から目をはなさなかった。魅了されているようだった。建物内の出来ごとについては、すこしも興味がないようだ。エアロック・ハッチは、一カ所以外はふたたび閉じられている。長身痩軀の人物が出入口にあらわれた。

「ローダン」

フォッホはその言葉をささやいただけだった。エアロックから出てきて、アトランを見つけて挨拶しようと腕をあげた男を引きつけられるようにじっと見つめる。ローダンはアルコン人に近づいた。ふたたび、頭上から歌うようなエンジン音が響いてきた。《シマロン》はいかんなく威力を誇示していた。二機めの着陸艇が町に向かって降下してきた。まもなくマンダレーは武装した者たちであふれかえるだろう。〝ドレーク〟の反乱はついに失敗に終わったのだ。

ペリー・ローダンはアトランと握手をして挨拶した。顔には微笑が浮かんでいた。

「まだ数週間しかたっていないが、この短い期間に数多くの信じられないようなことが起こりましたよ」

アトランはうれしそうに手を握り返して答えた。

「そういえるだろう。すべてが終わったら、おちついて話そう」

「そうしましょう」ローダンはいった。「しかし、いまはこの若く美しい女性のようすをみなくては」

かれはジェニファー・ティロンのほうを向いた。かれはほとんどわからない程度ためらったあと、彼女を抱きよせ、頬にキスをした。

「ずいぶん久しぶりだね」そういうかれの声はいくらか震えていた。「また会えてうれしい」

ジェニファーの目には涙が浮かんだ。この状況を軽い調子で乗りこえようと考え、自身もローダンを抱きしめると、こういった。

「あいかわらず元気そうね」

こうしてようやくペリー・ローダンは周囲の状況に注意を向けた。まだなお床に横たわったまま動かない意識不明の男を観察し、またレノ・ヤンティルとジェニファー・ティロンのあいだに立つ二名の男にすばやく視線を向けると、ペドラス・フォッホをじっと見つめた。

「目が痛くなりそうな服装だな。通信でロワ・ダントンとロナルド・テケナーと話した。ふたりからきみについて説明を聞いている。きみはペドラス・フォッホだな？」

「そうです」フォッホは返事をした。

その声は力強く、ほとんど挑発的だった。この男はペリー・ローダンの登場に魅了されているのだろうとアトランは考えた。しかし、長身のテラナーに委縮しているところはなさそうだった。

「きみたちの計画はついえた、ペドラス・フォッホ」ローダンはいって、手を差しだした。「武器をよこすのだ」

アトランは鋭くフォッホを観察していた。わずか百分の一秒、フォッホの水色の瞳に反抗心のようなものがちらついた。フォッホは手のなかで銃をまわすと、グリップをローダンに差しだした。

「服装が人物をつくるのではありません、ペリー・ローダン。ほかの基準でわたしを判断してください。〝ドレーク〟という組織は自由商人たちをふたたび正しい道に向かわせるための、嘘偽りのない、わたしから見れば立派な試みを実行しましたが、その試みは失敗しました。《シマロン》の乗員を相手にわたりあおうとするのはおろかというものでしょう」

*

レノ・ヤンティル、ペドラス・フォッホ、マリブ・ヴァロッザは自宅監禁の状態にされた。ロナルド・テケナーとロワ・ダントンがさらわれた者たちを町にもどし、記憶ののこる者たちが報告をしたあと、ダントンとテケナーにとって〝ドレーク〟という組織の過ちに関して自由商人の臨時会議を招集するのはかんたんなことだった。とくに三名の指導者が裁きを受けることになるだろう。

有線通信がまた使えるようになった。数日間の騒ぎが過ぎて、マンダレーに平穏がもどってきた。とはいえ、町のほとんどの住民はその一端を知るくらいで、なにも知らない者も多かったのだが。《シマロン》の二機の着陸艇は乗員全員を乗せて、母艦に向かって飛んだ。《シマロン》と《カルミナ》はフェニックス上空の軌道上でたがいにならんで浮遊していた。

ラヴリー・ボシックの時代からロワ・ダントンを名乗る、本名をマイクル・レジナルド・ローダンという男は、およそ七百年ぶりにようやく父親と再会した。ふたりが挨拶しているところにいあわせた者たちはあとになって、ふたりは泣いていたと話した。しかし、このとき流れていたのはよろこびの涙だった。

この日、通信禁止令は何度も破られた。《シマロン》からレジナルド・ブルとエイレーネが報告してきたし、アンブッシュ・サトーは、次の機会にフェニックスにきて、パルス・コンヴァーターを見たいと伝えてきた。

ペリー・ローダンは息子の家に泊まることになった。一日じゅう、何百名もの自由商人が、全世界が六百五十年以上前に死んだと思っていた有名なテラナーに挨拶に訪れた。この騒ぎで、ローダンには最近の出来ごとについてくわしく話す時間がなくなった。過去への旅についてローダンははじめはなにも話さなかった。それはおちついて話すべき話題だったから。《シマロン》、《ハルタ》、《ハーモニー》は二日前、大マゼラン星雲から出て集合地点フェニックス＝1に到達した。《カル＝1》もほぼ同時期に到着し、アトランのロワ・ダントンとの遭遇、さらに自由商人の世界フェニックスのことが知らされた。《シマロン》は集合地点に短期間滞在しただけで、フェニックスに向けてスタートした。《カルミナ》は、自由商人の世界の状況、とくに〝ドレーク〟という組織の反乱について最初の情報を伝えた。苦心の末、ようやくダントンとテケナーとコンタクトできるようになり、ペリー・ローダンは現況を知ることができた。迅速に二艇の着陸艇が用意され、スタートした。その後の展開は周知のとおりだ。《シマロン》からの部隊の妥協のない出動で、最終的に〝ドレーク〟のメンバーたちの反乱はくじかれた。

自由商人の臨時会議は、午後遅く、集会ホールで開催された。警備ロボットによると、玄関を通過したのは千十六名の参加者だった。裁かれる三名はまだ姿をあらわしていない。ロワ・ダントンは、状況をあまり把握できていない出席者たちにここ数日の出来ごとを説明した。レノ・ヤンティルが自由商人のこれまでの指導部を解任させようとしていたことはだれもが知っていた。かれの全体放送はいたるところで受信されていたからだ。しかし、反乱や誘拐、プラコ・ダン・モラトの死などの周辺の出来ごとについては、耳にしている者はほとんどいなかった。

ロワ・ダントンは巧みに事態を進めていた。フェニックスには引き合いに出せるような法律はない。かれは慎重に、レノ・ヤンティルの活動が成功していたら、最終的には自由商人の組織は弱体化していただろうと説明した。またアコン人の死の責任をすべてヤンティルに負わせようとはしなかった。プラコ・ダン・モラトは〝ドレーク〟のメンバーに誘拐されなければ死ぬことはなかっただろう。しかし、直接的な死因は事故なのだ。さらに〝ドレーク〟という組織のほかのメンバーを非難することもしなかった。かれらはレノ・ヤンティルを正しいと信じてしたがっただけなのだ。ロワ・ダントンは、かれらを裁く必要はないと考えていた。かれの意見では、罪があるのはレノ・ヤンティル、マリブ・ヴァロッザ、ペドラス・フォッホだけだった。

ロワは二十分間演説すると、被告の弁護人として三名を選出するよう議会にもとめた。しかし、選出する必要はないことが判明した。二名の女と一名の男がみずから手をあげたのだ。かれらには法的な経験はなかった。驚く者はいなかったが、かれら自身が〝ドレーク〟という組織の一員だった。

その後、被告が連れてこられた。ホール中央にあるたいらな円形の台に、テーブルが二台に椅子が数脚、用意されている。ロワ・ダントンは全自由商人の名にかけて原告を名乗り、告訴状を読みあげた。かれは、今後、ヤンティル、フォッホ、ヴァロッザは信用できないこと、そのため議会はかれらの追放を承認するべきだともとめた。

次に弁護人の弁論がつづいた。告発された事実は否認されなかった。しかし、被告たちの行動が善意と立派な意図によるものだった点を強調することに重きがおかれていた。自分たちの指導下であれば、自由商人の組織はより早く目的を達することができただろうとかれらは確信していたと主張した。この関係で目的がもう一度明確に述べられた。すくなくともきょうの会議に故郷銀河に進入し、異人の専制的支配者を排除すること。

おいては、この支配者の正体を確実にだれも知らないということは問題にならなかった。

弁護人のあと、何名かが発言の意志を表示したが、そのほとんどが原告を支持する内容だった。ロナルド・テケナーは三時間後、ついに討論の中止をもとめた。評決がおこなわれた。判決は追放だった。有罪判決を受けた者たちは、これまで乗っていた《ブルージェイ》で惑星フェニックスとセレス星系をはなれることが認められた。レノ・ヤンティルの計画にまだなお共感をいだく〝ドレーク〟という組織のメンバーは同じ船に乗るよう勧告された。

刑の宣告後、レノ・ヤンティルは発言をもとめ、要求は認められた。

「このホールで話をする権利が認められるという公正さをしめしていただき、議会に感謝します」かれは話しはじめた。「もう一度断言しますが、自由商人の組織の指導権を握ろうとしたのは、あくまでもこの組織のためであり、われわれの目的にすみやかに到達したいという思いからでした。わたしの行動により、われわれの一名が命を落としたことについては深く後悔しています。この罪を無罪とするわけにはいきません。

わたしの行動が誤っていたことは認めます。ちがった方法で努力するべきでした。判決には、仲間とわたしが受けなくてはならない追放の期間についてはまったく触れられていません。これは、それほど遠くない将来、場合によってはフェニックスにもどることが許されるかもしれないと解釈してもいいのでしょう。われわれは失った信頼を回復できるよう努力し、今後も自由商人のために働きます。〝ドレーク〟のメンバーのことはご存じでしょう。われわれはだれのことも恐れません。われわれは成功を手に入れ、いつの日か自由商人の組織にふたたび受け入れられることを願う申請を提出します。その暁には、われわれ全員の利益のために決断してください」

アトランはまた、この男の率直さに感銘を受けた。レノ・ヤンティルは、数千年前の地球では気取り屋と呼ばれていたかもしれない。しかし、かれは本心から語っている。

マリブ・ヴァロッザとペドラス・フォッホは最後の言葉を聞くと立ちあがった。マリブ・ヴァロッザは不機嫌そうで関心もなさそうだった。ペドラス・フォッホは底の高い靴を履き、いつもの奇抜な服を着て立っていた。かれは無害で純朴そうな印象を感じさせていた。

*

ワインがグラスのなかで黄金色にきらめく。合成ではなく、ほんもののワインで、《シマロン》の厨房からとどけられたものだった。恒星セレスはとっくに沈んでいた。マンダレー上空には明るい星空がひろがっていたが、遠雷がこの時期らしい嵐の訪れを告げていた。

ロワ・ダントンの家には祝賀ムードが漂っていて、ここ数日の騒ぎは忘れ去られていた。宇宙港からインターカムで、レノ・ヤンティル、ペドラス・フォッホ、マリブ・ヴァロッザが大勢の仲間とともに《ブルージェイ》に乗船したという連絡があった。同行した者たちについては、判決を受けた三名といっしょに旅をしたいのか、それともただ「よい旅を」と、挨拶したいだけなのかは不明だった。

ペリー・ローダンはグラスをかかげた。

「ここにいるのは長いあいだ会えなかった人類五名です」かれは話しはじめ、すぐにアトランに向かって頭をさげた。「すみません。表現をまちがえました。人類と呼ばれ、アルコン人がお気になさらないといいのですが……」

「まったく平気だ」アルコン人は破顔した。「たまには蛮人の役もいいものだ」

「よくぞいってくださいました、水晶の王子よ。ではもう一度。ここにいるのは長いあいだ会えなかった人類五名です。ある不可解な現象によって、われわれが約七百年も時をこえてしまったことを知ったとき、わたしは一瞬、二度と再会できないのではないかと疑いたくなりました。しかし、そのとき、過去にわれわれを翻弄《ほんろう》しては、何度も味方してくれた運命を思い出しました。そこから、ときがくればいずれ再会できるとわかっていました」

かれは酒を飲み、一同も乾杯した。

「日常生活の深刻さを忘れ、よろこびのために数時間を捧げる理由があるとしたら、それはきょうだ」アトランはいった。「話すことがたくさんある。われわれは仲間で、ワインは最高だ。楽しい夜になるだろう」

「わたしも乾杯したい」背後から声がした。

かれらは振り返った。ロワ・ダントンの自宅のコンピュータがスクリーンをつくり、そこにレジナルド・ブルの姿がうつしだされていた。手にグラスを持ち、その場にいる者が自分だけに注目しているのを確認すると、力強く飲み干した。

「いっしょにいられたらいいのですが」かれはいった。「しかし、こうして通信で話すことしかできません。よろこばしい知らせかどうかはべつとして、《ブルージェイ》はたったいまスタートしました。船には三名の有罪判決者と四十七名の男女が乗っています」

数秒間沈黙がつづき、ロワ・ダントンが口をひらいた。

「すると〝ドレーク〟という組織の全員が同行したのですね。きっとまもなく連絡があるでしょう」

あとがきにかえて

若松宣子

今回、前半部で、アトランが「水はぬれてる」とうたう重要な場面がある。この水の詩は、アトランが初めて登場し、ペリー・ローダンと死闘を繰り広げた末に友になるという記念的な作品の五十巻（日本版では二十五巻『地球死す』の後半部）で、アトランが灼熱の砂漠でうたったものだ。ふたりの長年にわたる友情を象徴する鍵となる詩で、シリーズの百十六巻（日本版では五十八巻『惑星サオス包囲作戦』の後半部）で再び登場していた。〝水はぬれて〟いるのかと考えたくなる、なんとも不思議な詩だが、このいいまわしはドイツ語や英語では当たり前の事柄を示す表現だということだ。

日本で二十五巻が出版されたのは一九七六年。六千年を超えるローダンとアトランの友情はもちろん気が遠くなるほどの長さだが、原書、そして日本版、このシリーズを大切にしてきた多くのかたがたの熱い思いにあらためて心をうたれる。

訳者略歴　中央大学大学院独文学専攻博士課程修了，中央大学講師，翻訳家　訳書『廃墟の王』エルマー＆エーヴェルス，『集結ポイントＹゲート』ヴルチェク、グリーゼ＆シェール（以上早川書房刊）他多数

HM=Hayakawa Mystery
SF=Science Fiction
JA=Japanese Author
NV=Novel
NF=Nonfiction
FT=Fantasy

宇宙英雄ローダン・シリーズ〈712〉

惑星《わくせい》フェニックスの反乱《はんらん》

〈SF2444〉

二〇二四年五月十日　印刷
二〇二四年五月十五日　発行

（定価はカバーに表示してあります）

著者　K・H・シェール　クルト・マール

訳者　若《わか》松《まつ》宣《のり》子《こ》

発行者　早川　浩

発行所　株式会社　早川書房

郵便番号　一〇一 - 〇〇四六
東京都千代田区神田多町二ノ二
電話　〇三 - 三二五二 - 三一一一
振替　〇〇一六〇 - 三 - 四七七九九
https://www.hayakawa-online.co.jp

乱丁・落丁本は小社制作部宛お送り下さい。
送料小社負担にてお取りかえいたします。

印刷・信毎書籍印刷株式会社　製本・株式会社明光社
Printed and bound in Japan
ISBN978-4-15-012444-1 C0197